風神 徐潤

풍신서윤

풍신서운 3

강태훈 新무협 판타지 소설

초판 1쇄 찍은 날 § 2015년 12월 22일
초판 1쇄 펴낸 날 § 2015년 12월 29일

지은이 § 강태훈
펴낸이 § 서경석

편집책임 § 김현미

펴낸곳 § 도서출판 청어람
등록번호 § 제387-1999-000006호
등록일자 § 1999. 5. 31
어람번호 § 제2-2625호

주소 § 경기도 부천시 원미구 부일로 483번길 40 서경B/D 3F (우) 14640
전화 § 032-656-4452 팩스 § 032-656-4453
http://www.chungeoram.com
E-mail § chungeorambook@daum.net

ISBN 979-11-04-90573-5 04810
ISBN 979-11-04-90522-3 (세트)

풍신 서윤

風神緋劍

③

강태훈 新무협 판타지 소설

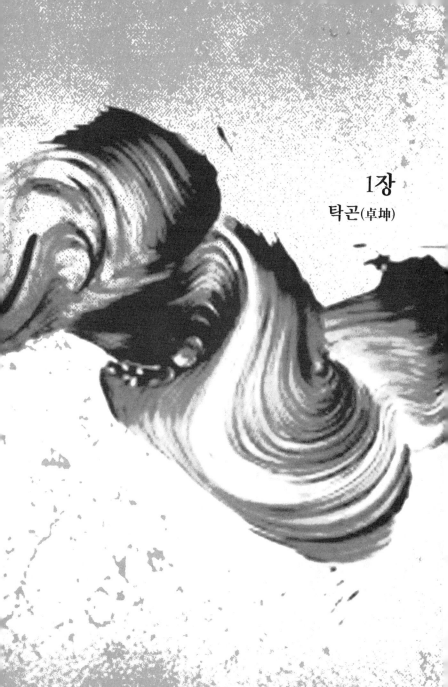

1장
탁곤(卓坤)

風神徐潤

풍신서윤

　천천히 발걸음을 떼는 탁곤(卓坤)의 얼굴에 진한 미소가 번져 있었다.

　그 미소가 어딘지 모르게 섬뜩하게 느껴졌다.

　양손에 쥐고 있는 한 쌍의 기형도에서 흘러나오는 기운이 그 섬뜩함을 증폭시키고 있었다.

　하지만 누구 한 명 탁곤에게 제대로 신경 쓰고 있지 않았다. 아니, 신경 쓸 수가 없었다.

　숲에서는 녹림도가 끊임없이 튀어나오고 있었다.

　일개 산채가 이 정도의 인원을 모을 때까지 까맣게 몰랐다는 것이 놀라울 정도이다.

서윤 역시 탁곤으로부터 심상치 않은 기운을 느꼈지만 계속해서 신경을 쓸 여력이 없었다.

도검을 휘두르며 겁 없이 달려드는 녹림도를 쳐내기 바쁜 까닭이었다.

퍼퍽!

양쪽에서 달려드는 산적 두 명을 눈으로 보기 힘든 빠른 주먹질로 쓰러뜨린 서윤은 주변으로 시선을 돌렸다.

어지럽게 뒤엉켜 있는 의협대원들 사이로 누군가를 찾았다.

'아직은 괜찮겠구나.'

서윤의 시선에 큰 표정 변화 없이 검을 휘두르는 설시연의 모습이 보였다.

그녀는 대륙상단의 무인들과 함께 녹림도를 쓰러뜨리고 있었다. 표정에는 큰 변화가 없다 하나 얼굴이 뻘겋게 달아오른 상태였다.

그녀 역시 사람을 상대로 살상하기 위해 검을 휘둘러 본 적이 없어 지금 이 순간이 굉장히 힘겨웠다.

하지만 어쩔 수 없는 만큼 이를 악물고 견디며 검을 휘두르고 있었다. 그런 감정이 겉으로 크게 드러나지 않는 것만으로도 대단하다 할 수 있었다.

서윤이 다시 시선을 돌렸다.

우측에서 달려드는 산적을 향해 두어 걸음 빠르게 다가서며 어깨로 가슴팍을 쳐서 날려 버렸다.

그러자 등 뒤에서 산적 두 명이 검을 찔러왔다.

서윤은 오른발을 축으로 몸을 반 바퀴 회전했다.

등 뒤를 노리던 산적들은 순식간에 서윤의 정면을 찌르는 상황이 되었고, 서윤의 눈이 빛나는 순간 주먹이 뻗어나갔다.

진기를 살짝 돌리고 주변의 공기를 압축시켜 정면으로 터뜨렸다.

얼핏 강력한 일격은 아닌 듯 보였으나 산적 두 명은 그 위력에 휩쓸려 크게 뒤로 튕겨 나갔다.

'젠장!'

그리고 다음 순간, 서윤은 자신의 등 뒤에 다가와 있는 거대한 기운을 느끼고는 쾌풍보를 극성으로 펼쳤다.

그 때문에 근처에 서 있던 산적 한 명이 서윤과 부딪쳐 크게 나가떨어졌다.

쾅!

서윤이 있던 자리가 깊게 파이며 사방으로 흙과 돌이 튀었다.

탁곤이 내려친 일격을 가까스로 피한 서윤은 인상을 찌푸린 채 그를 바라보았다.

"너구나, 여기서 제일 센 놈이."

탁곤이 여전히 입가에 미소를 지은 채 말했다.

서윤은 침을 삼켰다. 마영방주와 비슷한 기운이었지만 그보다 더 강한 듯했다.

"너, 나랑 일대일로 한판 붙자."

탁곤의 말에 서윤에게 도검을 겨누고 있던 산적들이 목표물을 변경했다.

서윤과 가까이 있던 의협대원들 역시 그 말을 들었다.

그러고는 걱정스러운 표정으로 두 사람을 힐끗힐끗 쳐다보았다.

"네가 날 이기면 우리는 그냥 물러난다. 아니면 다 죽겠지. 어떤가?"

"그 말에 따를 필요 없다!"

가까운 곳에 있던 황보수열이 연신 벽력신권을 뿌려대며 소리쳤다.

상대는 적이다.

게다가 기도를 보아도 강하다는 것을 알 수 있는 상대.

아무리 숫자가 많다고는 하지만 달려들던 산적들은 정리가 되어 가고 있었다.

절대적으로 유리한 상황에서 탁곤의 말대로 할 이유가 없었다.

"네놈은 아직 신경 써야 할 것들이 더 남았으니 그 주둥아리 그만 놀리는 게 좋을 게다."

탁곤이 황보수열을 향해 으르렁거리듯 말했다.

그리고 그 순간 누군가가 탁곤을 향해 달려들었다. 뒤쪽에서 느껴지는 기운에 귀찮다는 듯한 표정을 지은 그가 재빨리 몸을 돌리며 도를 휘둘렀다.

"크악!"

가슴에 깊은 자상을 입은 이는 위지강이었다.

탁곤이 공격하는 순간 급히 몸을 뒤로 빼지 않았다면 목이 날아갔거나 즉사했을지도 모를 강한 일격이었다.

그대로 쓰러진 위지강은 고통에 찬 비명을 지르며 피가 흘러나오는 가슴을 부여잡고 있었다.

그러자 재빨리 의협대원 몇 명이 위지강의 곁으로 다가가 그를 데리고 대륙상단 사람들이 있는 쪽으로 데려갔다.

"죽는 게 소원이라면 그렇게 해줘야지."

탁곤이 발걸음을 옮겼다.

하지만 그 방향은 서윤이 있는 곳이 아닌 다른 의협대원들이 있는 쪽이었다.

슈욱!

그 순간, 서윤이 쾌풍보를 펼쳤다.

순식간에 탁곤의 진로를 막은 서윤이 차갑게 식은 눈빛으로 그를 노려보며 말했다.

"덤벼라. 안 그래도 지난번 그 쓰레기와 같은 분위기라 마음에 안 들었는데."

"쓰레기? 아, 그 마영방주를 상대했다는 애송이 놈이 네 녀석이었군. 크크."

탁곤이 재미있다는 듯 웃었다.

하지만 그것도 잠시, 이내 얼굴에서 웃음기를 지우고 성난 표정을 지었다.

"감히 그딴 녀석과 날 비교하다니 기분이 몹시 나쁘군. 나이도 어린 것이 반말 찍찍 하는 것도 그렇고. 전력을 다해서 부딪쳐야 할 것이다."

탁곤의 기도가 바뀌었다.

마치 강물을 막고 있던 둑이 터져 버리기라도 한 듯 그의 몸에서 무시무시한 기운이 흘러나왔다.

황보수열과 천보의 표정이 딱딱하게 굳었다.

채주 한 명의 기도가 이 정도라니.

절정을 바라보고 있거나 절정에 올라선 자 같았다.

'어렵다, 이 싸움. 기회를 봐서 합공한다.'

그렇게 생각한 황보수열이 천보를 바라보았다. 그의 눈빛을 읽은 천보 역시 고개를 끄덕였다.

"잔머리 굴리는 게 훤히 보이는군. 네놈들한테는 다른 선물을 줘야겠다."

그러더니 탁곤이 엄지와 검지를 튕겼다.

작은 소리가 들리는가 싶더니 이내 숲에서 복면을 쓴 열 명의 괴한이 모습을 드러냈다.

비록 숫자는 몇 안 되지만 한 명 한 명의 기도가 심상치 않았다.

이를 느낀 황보수열이 급하게 대원들을 향해 소리쳤다.

"흩어지지 말고 모두 뭉쳐라! 절대 혼자 맞설 생각은 하지 마라!"

그렇게 말한 황보수열이 걱정스러운 시선으로 서윤을 바라보았다. 그에 서윤은 걱정하지 말라는 듯 고개를 한 번 끄덕여 주었다.

서윤은 주변을 한번 훑었다. 조금 전 탁곤에게 당한 위지강을 제외하면 큰 부상을 당한 이는 없어 보였다.

설시연을 비롯한 대륙상단 사람들 역시 마찬가지였다.

"서두르는 게 좋을 거다. 나를 빨리 쓰러뜨리지 않으면 다죽는다."

탁곤의 말에 서윤이 품에서 장갑을 꺼냈다.

자신의 이름이 새겨진 그 장갑. 수련할 때에나 대련을 할 때에는 껴봤지만 지금처럼 실전에서 착용하는 건 처음이다.

"덤벼."

장갑을 낀 서윤이 탁곤을 도발했다.

그러자 탁곤의 눈썹이 한 차례 씰룩거렸다.

"자비를 바라지 말거라."

그렇게 말한 탁곤이 서윤을 향해 빠르게 접근했다.

속도도 빨랐지만 서윤을 향해 다가오는 기도 자체가 마영방주와는 비교도 되지 않았다.

하지만 서윤은 침착했다.

하단전에서 뻗어나간 바람이 서윤의 다리로 몰렸고, 이윽고 쾌속의 쾌풍보를 펼쳐 냈다.

쒜에엑!

탁곤의 도가 허공을 갈랐다.

정확히 서윤의 목이 있던 자리를 사르고 지나가는 도.

조금만 늦었더라면 목이 날아갔을 강력한 일격이었다.

서윤은 등골이 서늘해지는 것을 느꼈다.

이렇게 강한 살기와 마주한 적이 없는 서윤으로서는 긴장할 수밖에 없었다.

하지만 그렇다고 물러설 수도 없는 노릇.

서윤은 쾌풍보를 펼치며 풍절비룡권의 절초들을 꺼내놓았다.

꽈광!

서윤의 주먹에 담긴 기운과 탁곤의 도가 머금은 기운이 충돌하며 폭음을 만들어내었다.

그리고 그 소리를 시작으로 뒤늦게 나타난 열 명의 괴한과 남아 있던 산적들이 일제히 공격을 시작했다.

*　　　　*　　　　*

들리는 소리라고는 병장기 소리와 비명 소리밖에 없다.

적의 무기가 코앞을 훑고 지나가고 아군의 검이 성대를 노린다.

비릿한 혈향이 무감각해진 지는 이미 오래.

지금의 이 상황이 가져다주는 두려움도 느껴지지 않는다.

무언가를 생각할 겨를이 없다.

설시연은 지금 이런 상태로 눈에 보이는 적을 향해 검을 뿌리고 있었다.

다행이라면 지금까지 수련해 온 것들이 의식하지 않아도 펼쳐질 정도로 익숙하다는 점이다.

서걱!

산적 한 명의 팔이 잘려 나갔다.

핏물이 얼굴에 튀었지만 신경 쓰지 않고 곧바로 시선을 돌렸다.

의협대원들을 압박해 가는 괴한들의 모습이 보인다.

설시연의 발걸음이 저절로 그쪽으로 향했다.

천천히 속도를 높이더니 어느새 추혼보로 빠르게 괴한을 향해 접근하며 진기를 머금은 검초를 뿌렸다.

검왕 설백의 여의제룡검.

비록 설시연의 성취가 그에는 한참 미치지 못한다고 하나 결코 무시할 수 있는 위력은 아니었다.

대원들을 압박하던 괴한 한 명이 몸을 틀어 그녀의 검을 막아섰다.

쾅!

"큭!"

설시연이 짧은 신음과 함께 뒤로 튕겨 나갔다.

목을 타고 올라오는 비릿한 핏물을 억지로 삼킨 그녀는 다시 한 번 추혼보를 펼치며 괴한을 향해 백아를 휘둘렀다.

연이어 펼쳐 내는 여의제룡검의 초식들.

설시연이 노린 괴한이 몸을 날렸다. 하지만 그녀의 검은 상대를 놓치지 않겠다는 듯 끈질기게 따라붙었다.

괴한 한 명이 물러섰지만 그 여파는 컸다.

압박이 느슨해지자 황보수열과 천보는 그 틈을 놓치지 않고 괴한들을 향해 강력한 일권을 뿌렸다.

콰쾅!

조금 더 벌어지는 틈.

대원들은 그 틈을 집요하게 파고들며 압박에서 벗어나려 애썼다.

설시연의 눈은 점점 더 차갑게 가라앉고 있었다.

괴한과의 충돌은 그녀에게 내상을 입혔으나 설시연은 그런 것에 개의치 않았다.

하단전의 진기가 쉴 새 없이 움직이며 그녀에게 힘을 불어넣어 주었다.

그녀는 그 어느 때보다 집중하며 검을 뿌렸다.

꽈광! 꽈과광!

복면을 쓰고 있어 괴한의 표정을 볼 수는 없었지만 당황하고 있는 것은 분명했다. 유일하게 볼 수 있는 그의 눈동자가 흔들리고 있는 것이다.

연이은 충돌에도 설시연은 물러서지 않았다.

더욱 높아지는 집중력, 그리고 그에 맞춰 힘을 실어주는 진기.

자신은 느끼지 못하고 있었지만 그녀 안에서 무언가가 깨지고 있었다.

혼자만의 세상에서 홀로 무공 수련을 하며 부딪친 한계를 강한 적을 상대하며 조금씩 뛰어넘고 있는 것이다.

괴한의 검이 그녀의 요혈을 노리고 날아들었다.

진한 살기와 어마어마한 진기를 머금은 공격이었지만 설시연은 동요하지 않았다.

더욱더 백아에 진기를 주입하며 공격에 맞섰다.

우웅!

백아가 울음을 토해내었다.

설시연의 마음과 백아가 하나가 되며 공명하는 소리였다. 절정에 오르고 깨달음을 얻으면 낼 수 있다는 검명(劍鳴)까지는 아니었지만 분명 그녀가 지금 이 순간 진일보하고 있다는 증거였다.

백아가 상대의 검과 부딪쳤다.

괴한의 공격이 하나씩 파훼되기 시작했다.

대등하던 기세는 어느덧 설시연 쪽으로 조금씩 넘어가기 시작했다.

콰앙!

또 한 번의 충돌.

지금까지는 내상으로 인해 핏물이 올라오는 걸 참았으나 이번에는 그러기가 어려웠다.

주륵.

참는다고 참았지만 그녀의 입가로 선혈이 흘러내렸다.

하지만 이는 괴한 역시 마찬가지였다.

복면 뒤에 감춰져 있는 입에서 피가 흘러나와 옷을 적시고 있었다.

몸 곳곳에 난 상처에서 흘러나온 피와 합쳐져 처절한 모습이다.

"후……."

짧은 순간 진기를 돌려 통증을 가라앉힌 설시연은 작게 한숨을 내쉬었다.

서둘러 끝을 내야만 하는 상황.

속 편하게 내상을 다스리고 있을 시간이 없었다.

설시연은 진기를 끌어 올렸다.

찌릿한 통증이 내부에서 몰려왔지만 그녀는 신경 쓰지 않으며 백아에 진기를 몰았다.

괴한 역시 이것이 그녀와의 마지막 충돌이라는 것을 직감한 듯 최후의 일격을 준비하고 있었다.

그때였다.

콰쾅!

지금까지와는 차원이 다른 폭음이 들리더니 엄청난 후폭풍이 밀어닥쳤다.

그리고 그 후폭풍은 그대로 괴한을 집어삼켜 버렸다.

설시연으로서는 허망할 뿐이었다.

한껏 끌어 올린 진기를 돌려놓은 설시연은 정면을 바라보았다.

그곳에서는 탁곤과 서윤이 살벌한 싸움을 펼치고 있다.

어느 한쪽으로도 치우치지 않은 격전이 벌어지고 있는 만큼 두 사람의 몰골은 말이 아니었다.

잠시 서윤을 도와주어야 하나 고민하던 설시연의 귀에 그제야 뒤쪽에서 벌어지고 있는 치열한 싸움의 소음이 들려왔다.

잠시 서윤의 싸움을 바라보던 설시연은 발걸음을 돌렸다.

뒤쪽의 상황이 급박하기도 했지만, 서윤이 이길 것이라는 믿음이 있기 때문이기도 했다.

'꼭 이기고 와요.'

속으로 그렇게 중얼거린 설시연은 다시금 진기를 끌어 올리며 추혼보를 펼쳤다.

*   *   *

먼저 터뜨린 기압 뒤로 풍절비룡권의 초식이 살벌한 기운을 품고 날아들었다.

오른손에 쥔 도로 기압을 무위로 돌린 탁곤은 뒤로 한 걸음 물러서며 왼손에 쥔 도로 서윤의 기운에 맞서갔다.

쾅!

하지만 워낙 지척에서 터진 기운 때문에 탁곤의 신형이 튕겨지듯 뒤로 밀려났다.

처음에 비하면 상대적으로 약한 위력이었지만 그만큼 탁곤 역시 지치고 내상도 큰 상태였다.

하지만 그것 역시 서윤도 마찬가지였다.

방금 전의 두 초식의 위력이 약한 이유는 내력이 부족해서가 아니었다.

중단전까지 활용할 수 있게 된 지금 서윤의 내력은 결코 부족하지 않았다.

서윤 역시 큰 내상을 입었기에 진기의 흐름이 원활하지 않은 것이 이유였다. 그렇다 보니 초식을 펼칠 때마다 지독한 통증이 몸 구석구석에서 올라오고 있었다.

물론 마음먹는다면 일정량의 진기를 돌려 내상을 다스리는 데 사용할 수 있겠지만 지금은 그럴 수 없었다.

"윽!"

또 한 번 들려오는 딘말미의 비명.

익숙한 목소리였다.

동료들의 입에서 비명이 터져 나오기 시작한 지 제법 오랜 시간이 흘렀다.

지금까지는 어찌어찌 버티고는 있으나 얼마나 더 버틸 수 있을지 알 수 없는 노릇.

그렇다면 지금 서윤이 할 수 있는 일은 전력을 다해 부딪쳐 조금이라도 빨리 탁곤을 쓰러뜨리는 것이었다.

탁곤을 쓰러뜨린다 하여 그가 말한 대로 적들이 물러설지는 알 수 없었으나 설령 물러서지 않는다 해도 탁곤을 쓰러뜨려야만 힘을 보탤 수 있었다.

비틀거리는 탁곤을 본 서윤은 지체하지 않고 신형을 날렸다.

어느새 그의 양 주먹은 진기를 머금고 있었다.

"타핫!"

서윤은 모든 힘을 토해내기라도 하듯 기합과 함께 주먹을 찔렀다.

다시금 위력을 되찾은 격풍류운의 초식.

그 강맹한 기운이 탁곤을 향해 뻗어나갔다.

"합!"

탁곤 역시 기합성을 내지르며 쌍도를 번갈아 휘둘렀다.

묵빛 기운이 넘실거리는 도가 서윤의 주먹을 그대로 쪼개려는 듯 날카로운 기세를 뿜어냈다.

꽝!

또 한 번의 격한 충돌.

하지만 두 사람 모두 악착같이 버텨내며 다시금 서로를 향해 돌진했다.

쾌풍보가 최고의 속도를 내는 데 필요한 시간은 말 그대로 찰나의 순간이면 충분했다.

신형이 분리되는 것 같은 착각을 일으킬 정도로 빠르게 흘러 나간 서윤의 신형은 어느새 탁곤의 품 안에 있었다.

서윤이 다시금 초식을 뿌렸다.

모든 것을 부숴놓을 듯한 위력이 탁곤의 몸을 난타하려는 찰나 서윤의 머리 위에서 서늘한 기운이 느껴졌다.

뻗어나가는 주먹을 회수하기에는 늦은 상황.

서윤은 최대한 빠르게 몸을 비틀었다.

빠른 대응이라고 생각했지만 제대로 피하기에는 역부족이었다.

머리가 반으로 갈라지는 것은 피했으나 탁곤의 도가 서윤의 어깨를 스치며 핏물이 튀었다.

움푹 파여 나가는 살점.

거기서부터 시작된 지독한 통증에 서윤은 인상을 찌푸리고 이를 악물었다.

퍼억!

서윤의 일격 역시 세내로 들이기지 못했다.

정확히 하단전을 향해 꽂히던 서윤의 주먹은 그 방향을 잃고 옆구리를 비껴 치는 데 그쳤다.

하지만 그렇다고 해서 위력이 반감된 것은 아니었다.

제법 단단한 몸을 가진 탁곤이었지만 이번 일격은 상당한 충격을 주기에 충분했다.

서윤의 주먹이 스치고 간 자리가 순식간에 부어오르며 시퍼렇게 변하기 시작했다.

단순히 멍이 든 것이 아닌 갈비뼈 아래쪽의 장기가 손상을 입은 것이다.

탁곤은 순간적으로 숨이 멎는 것 같은 통증을 느꼈다.

그러나 숨을 제대로 쉬지 못하고 움직임이 부자연스러운 상황에서도 순간적으로 진기를 끌어 올리며 서윤을 향해 도를 휘둘렀다.

부웅!

탁곤의 도가 애꿎은 허공을 갈랐다.

일찌감치 뒤로 물러나 거리를 벌린 서윤은 재빨리 어깨 상처 주변의 혈을 짚어 지혈을 시도했다.

하지만 그럼에도 워낙 깊은 상처라 완전한 지혈은 어려웠다.

그나마 다행이라면 왼쪽 어깨라는 점이다.

왼쪽 어깨는 제대로 움직이기 어렵겠지만 아직 오른손으로는 충분히 초식을 펼칠 수 있었다.

서윤이 진기를 돌렸다.

하단전과 중단전에서 흘러 나온 바람이 강풍처럼 전신을 훑었다.

한결 나아진 느낌. 서윤은 다시 대지를 박차고 한줄기 선이 되어 앞으로 뻗어나갔다.

쐐에엑!

탁곤의 도가 조금 전의 위용을 되찾고 서윤의 머리를 향해 날아들었다.

서윤은 오른 주먹을 정면을 향해 똑바로 뻗어냈다.

꽝!

서윤의 주먹과 부딪치며 거칠게 튕겨 올라가는 탁곤의 도.

하지만 그 반동을 그대로 이용해 회전하며 왼손에 들고 있던 도가 더 큰 위력과 속도로 아래에서 위로 쳐올려졌다.

서윤은 이를 악물었다.

그리고 속도를 높였다.

아주 조금 더 빨라진 서윤의 신형.

하지만 그 작은 속도의 차이가 두 사람의 생사를 갈라놓았다.

서윤의 발이 미처 다 올라오지 못한 탁곤의 팔을 밟았다.

팔을 밟힌 탁곤의 신형이 급격하게 앞으로 쏠리며 휘청거렸다.

두 다리로 굳건히 버틸 만한 힘이 탁곤에게는 더 이상 남아 있지 않았다.

서윤은 건룡초풍의 초식을 펼쳤다.

앞으로 쏠려 숙여지던 탁곤의 머리가 정확히 서윤의 주먹과 부딪쳤다.

퍼억—!

순간 서윤은 눈을 감았다.

머리가 터져 나가는 상황.

작정하고 누군가를 죽이는 것이 처음인 서윤으로서는 차마 눈 뜨고 보지 못할 장면이었다.

다행스럽게도 서윤의 중단전에서 바람이 흘러 나와 심하게 요동치는 서윤의 마음을 다독여 주었다.

몸을 잃은 탁곤의 머리가 그대로 늘어지며 서윤의 전신에 피를 뿌렸다.

결코 좋지 않은 느낌.

서윤은 인상을 찌푸리며 거친 숨을 내쉬었다.

"헉! 헉!"

왼쪽 어깨에서 참기 어려운 고통이 밀려왔다. 당장에라도 주저앉아 비명을 지르고 싶었으나 지금은 그럴 때가 아니었다.

아주 잠시 인상을 찌푸리고 이를 악문 채 통증을 참아내던 서윤은 서둘러 다른 쪽으로 신형을 날렸다.

*　　　　*　　　　*

"헉헉! 헉!"

설궁도는 당장에라도 주저앉고 싶었다.

대륙상단 무인들 틈바구니에서 산적들을 상대하고 있었지만 평소 기본적인 수준의 무공만을 익힌 설궁도로서는 지금 이 상황이 버겁기만 했다.

하지만 그렇다고 모든 것을 내려놓고 주저앉을 수도 없는 노릇.

악으로, 깡으로, 정신력으로 두 다리에 힘을 주고 있는 그였다.

"흐아악!"

설궁도의 지척에 있던 대륙상단 무사들이 다른 방향에서 달려드는 산적들에게 잠시 시선을 돌린 사이, 비명인지 기합인지 모를 괴성을 지르며 산적이 설궁도를 향해 달려들었다.

점차 가까워지는 산적의 검을 보며 설궁도는 검을 들어 올리고 싶었으나 너무 지친 나머지 팔이 말을 듣지 않았다.

스스로도 당황한 설궁도는 눈을 질끈 감았다.

퍼억!

순간 시원한 격타음에 설궁도는 슬그머니 눈을 떴다. 그 앞에는 광기 어린 표정으로 달려들던 산적 대신 온몸에 피칠을 한 서윤이 서 있었다.

그 피가 전부 서윤의 피는 아니겠지만 딱 봐도 지금의 서윤은 결코 가볍지 않은 상처를 입은 상태였다.

"아우!"

"형님, 괜찮으십니까?"

"괜찮네."

설궁도의 대답에 서윤은 고개를 끄덕이며 주변을 훑었다. 가장 급한 쪽은 설시연과 의협대원들이 있는 쪽이었다.

"형님, 조금만 더 힘을 내주십시오."

"알겠네."

서윤은 설궁도가 대답을 채 끝마치기도 전에 신형을 날렸다.

쾅!

호쾌하게 뻗어나가는 풍절비룡권의 초식.

순식간에 서윤의 앞을 막아서던 산적 다섯이 바로 앞에서 벽력탄이 터지기라도 한 듯 튕겨 나갔다.

서윤은 속도를 줄이지 않고 곧장 대원들을 압박하고 있는 괴한들을 향해 돌진했다.

쓰러진 괴한은 셋.

하지만 아직까지 남아 있는 일곱 명의 괴한을 막아내는 데 의협대원들은 버거워하고 있었다.

서윤은 다시 한 번 진기를 끌어 올렸다.

그러자 몸 곳곳에 난 상처에서 다시금 피가 터지기 시작했다.

이제는 고통에 익숙해지기라도 한 듯 서윤은 전혀 아랑곳하지 않고 초식을 펼쳤다.

순식간에 거리를 좁히며 뻗어낸 초식에 막 황보수열을 향해 검을 뿌리려던 괴한이 놀라며 방향을 틀었다.

꽝!

상당한 위력을 담은 서윤의 초식을 불안정한 자세로 막아서던 괴한이 볼품없이 뒤쪽으로 나동그라졌다.

괴한의 상태에는 전혀 신경 쓰지 않은 서윤은 그대로 방향을 틀어 또 다른 괴한에게로 향했다.

"으아아!"

서윤이 기합과 함께 주먹을 뿌렸다.

하지만 이미 바로 옆에서 동료가 당하는 것을 본 괴한은 호락호락 당하지 않았다.

괴한이 붉은빛이 감도는 검을 위력적으로 뿌려댔다.

콰쾅!

서윤의 주먹과 붉은 기운이 부딪치며 폭음이 터졌다.

근처에 있던 의협대원들은 그 여파에 뒤로 밀릴 수밖에 없었다.

다행인 것은 그것이 더 큰 내상을 일으킬 정도는 아니었다는 점이다.

가볍게 피어오른 모래 먼지를 뚫고 서윤이 나타났다.

관풍뇌동의 초식을 펼치며.

그래도 방금 전의 여파로 서윤이 주춤하거나 뒤로 밀렸을 것이라 생각한 괴한은 황급히 검을 휘두르며 뒤로 물러섰다.

하지만 서윤은 속도를 더욱 올리며 무모할 정도로 괴한을 향해 달려들었다.

서윤은 최대한 낮은 자세로 쇄도해 들어갔다.

그러나 괴한의 검격에서 완전히 자유로울 수는 없었다.

촤악!

서윤의 등에서 피가 튀었다.

하지만 서윤은 속도를 늦추지 않고 파고들며 초식을 펼쳤다.

서윤과 괴한 사이에서 공기와 진기가 한데 뒤엉켜 터져 나갔고, 그 충격을 이기지 못한 괴한이 마치 강궁(强弓)으로 쏘아 보낸 한 줄기 화살처럼 뒤쪽으로 날려갔다.

쾅!

괴한은 그대로 한쪽에 있는 거목에 강하게 부딪치고는 떨어졌다.

순식간에 나타나 괴한들 사이를 헤집어놓은 서윤 덕분에 압박에서 어느 정도 벗어난 의협대원들이 힘을 내기 시작했다.

황보수열의 벽력신권과 천보의 선천나한십팔수가 제 위용을 되찾기 시작했다.

거기에 설시연까지 가세하여 역으로 압박을 가하자 전세는 역전되기 시작했다.

상황이 불리해지자 괴한들은 서로 눈빛을 교환하며 물러서기 시작했다.

그에 의협대원들은 더욱 힘을 내 상대를 몰아쳐 갔다.

"윽!"

단목성이 짧은 비명과 함께 뒤쪽으로 밀렸다.

그러자 짧은 여유를 얻은 괴한이 품에서 작은 구슬 하나를 꺼냈다.

"모두 숨을 참아!"

그것을 본 황보수열이 재빨리 소리치자 근처에 있던 모든 이가 코와 입을 틀어막았다.

펑!

괴한이 구슬을 바닥에 내던지자 뿌연 연기가 사방으로 퍼져 나갔다.

순식간에 주변이 안개가 낀 듯 뿌옇게 흐려졌고, 약간의 시간이 흐르자 점차 옅어지기 시작했다.

가장 먼저 입과 코에서 손을 뗀 건 서윤이었다.

괴한들의 기척이 사라졌기 때문이다.

"독은 아닙니다."

서윤의 말에 모두가 참고 있던 숨을 토해내었다.

소금의 시간이 더 지나자 짙게 꼈던 연기가 모두 사라지고 괴한들의 모습도 보이지 않았다.

"괜찮습니까?"

"괜찮… 네."

황보수열은 서윤에게 존대를 할 뻔하다가 겨우 평소처럼 하대를 했다. 그에 고개를 끄덕인 서윤이 이번에는 설시연에게 다가갔다.

"누이, 괜찮습니까?"

"난 괜찮아요."

설시연 역시 내상을 입어 안색이 창백했지만 그래도 버틸 만한 상태였다.

"다행입니다."

그렇게 말하며 서윤이 미소를 지었다. 그리고 설시연 역시 옅은 미소를 지었다.

하지만 그녀의 얼굴에 피어올랐던 미소는 이내 사라졌다.

풀썩!

그대로 앞으로 고꾸라지는 서윤을 설시연이 서둘러 안아 들었다. 놀란 의협대원들이 달려왔고, 서윤은 그대로 의식을 잃었다.

시체가 즐비한 곳 한가운데에서.

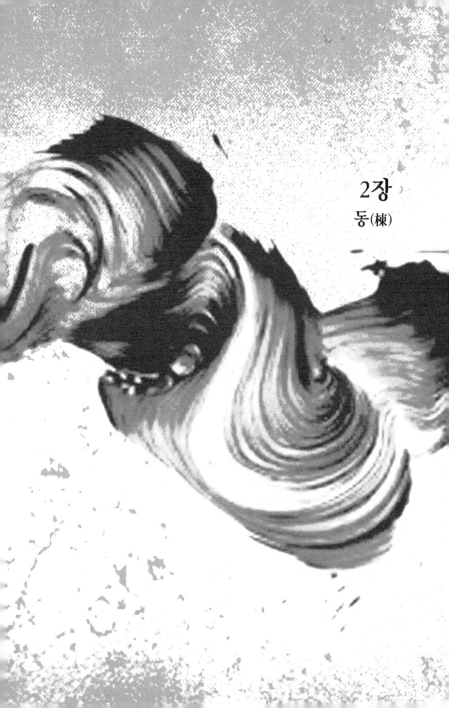

2장
동(棟)

風神徐闇

풍신서윤

쓰러진 서윤을 비롯해 부상이 심한 사람들은 전부 마차로 옮겨졌다. 다친 사람들을 전부 태울 수는 없었기에 상대적으로 부상이 덜한 사람들은 짐을 실은 곳에 올랐다.

부상자 대부분은 상대적으로 강적들을 상대한 의협대원들이었다. 그에 부상이 덜한 대륙상단 무인들이 주변을 수습하기 시작했다.

지친 기색이 역력한 설궁도는 근심이 가득한 표정으로 설시연과 서윤이 타고 있는 마차에 올랐다.

안색이 창백한 설시연은 간단한 응급처치를 마치고 운기 중이고, 서윤은 의식을 잃은 채 누워 있었다. 어깨와 등의 상처를 임시로 치료는 했으나 완전하지는 않은 상태였다.

"후……."

설궁도가 한숨을 내쉬었다.

비교적 어린 나이부터 아버지를 따라 상행을 다녔지만 이런 경우는 처음이었다.

조금 전까지 벌어진 일을 떠올리면 아직도 몸이 부들부들 떨렸다.

면전에서 사람이 죽어나가는 것을 본 충격이 쉽게 가라앉을 리가 없었다. 큰 충격으로 인해 떨리는 몸을 억지로 붙잡아두려 했으나 그것조차도 쉽지 않았다.

그때, 마차 밖에서 대륙상단 무인 중 한 명의 목소리가 들렸다.

"소상주님, 모든 수습이 끝났습니다."

"의협대원 분들은?"

"모두 준비를 마치셨습니다."

"알겠네. 그럼 출발하지. 어서 빨리 가장 가까운 마을로."

"예."

잠시 후, 마차가 출발했다. 설궁도는 걱정스런 표정으로 설시연과 서윤을 번갈아 바라보며 다시금 한숨을 내쉬었다.

*　　　　*　　　　*

분위기는 무거웠다.

물론 무림맹에 속해 있으면서 작은 임무들을 맡아본 경험은 있지만 이렇게 목숨이 위험한 임무는 처음이었다.

아무리 무림에 몸담고 있다고는 하지만 옆에서 동료가 죽어나가고 내 손으로 적의 목숨을 끊는 경험이 전무하다시피 한 그들에게 이번 일은 충격 그 자체였다.

그렇다 보니 말을 타고 앞으로 나아가고는 있었으나 누구 하나 입을 여는 사람이 없었다.

조장인 황보수열과 천보도 마찬가지였다.

하지만 그렇다고 제 역할을 하지 않을 수도 없는 노릇. 억지로 정신을 붙든 황보수열이 차분하게 조원들에게 주변을 더욱 경계하라는 명령을 내린 뒤 마차를 슬쩍 바라보았다.

'서윤……'

언제고 밝혀질 일이지만 이렇게 빨리 모든 이가 서윤의 실력을 알게 될 줄은 몰랐다. 물론 자신도 서윤의 실력을 제대로 본 것은 처음이지만.

탁곤을 상대하는 서윤의 움직임과 뒤늦게 나타난 괴한들 사이를 헤집는 서윤의 모습은 황보수열에게 또 다른 충격을 안겨주었다.

무공을 익히기 시작하면서 자신의 가문과 무공에 대해 자부심을 가지고 있던 그다.

그런데 서윤의 무위를 보는 순간 너무나 초라해지는 자신을 느꼈다.

황보수열은 주변을 훑으며 조원들을 바라보았다.

대부분이 정신이 없는 듯 멍한 표정을 짓고 있었지만 몇몇은 벌써 서윤이 쓰러져 있는 마차 쪽을 힐끗거리고 있었다.

그들도 서윤의 무위를 똑똑히 보았으리라.

같은 또래의 서윤이 자신들보다 훨씬 더 강한 무위를 뽐내는 모습을.

하물며 무공도 같은 권을 쓰지 않던가.

황보수열은 마차를 힐끗거리는 조원들의 눈빛에서 동경의 빛을 보았다.

그리고 그 순간 고개를 드는 열등감과 패배감, 그리고 좌절감에 고개를 숙일 수밖에 없었다.

최대한 속도를 낸다고 냈으나 마을에 도착한 것은 두 시진을 훌쩍 넘긴 후였다.

다행히 큰 부상을 입은 다른 사람들은 상태가 악화되고 있지 않으나 서윤의 상태는 달랐다.

응급처치를 해놓은 어깨와 등의 상처에서는 계속해서 피가 흐르고 있었고 호흡과 맥박도 불규칙했다.

운기를 마치고 상태가 조금 나아진 설시연이 설궁도와 함께 계속해서 서윤의 상대를 살폈지만 한계가 있을 수밖에 없었다.

설궁도는 마을에 도착하자마자 의원부터 찾아보도록 지시했다. 큰 마을이 아니었기에 제대로 된 의원이 있을지 의문이었지만 그래도 자신들이 치료하는 것보다는 나을 터였다.

일다경 정도의 시간이 지나자 의원을 찾아 떠난 대륙상단 무인 중 한 명이 의원을 찾았다는 소식을 전해왔고, 단목성이 서윤을 업고 의원이 있는 쪽으로 달렸다.

그리고 그 뒤를 또 한 사람이 빠르게 따랐다.

설시연이었다.

한창 몰려든 환자들을 모두 살핀 후 숨을 좀 돌리려던 찰나 서윤을 업은 단목성과 설시연이 들이닥치자 의원은 한숨을 푹 내쉬었다.

그러다가 서윤의 상태가 심각함을 확인하고는 진지하게 서윤의 상태를 살폈다.

"우선 외상부터 다스려 출혈부터 막아야겠소. 피를 너무 많이 흘렸어. 이대로는 목숨이 위험할 수 있소."

의원의 말에 단목성과 설시연의 표정이 굳었다. 그러고는 누가 먼저라고 할 것도 없이 초조한 눈빛으로 서윤을 바라보았다.

두 사람의 반응에 신경 쓰지 않고 의원은 서윤의 치료에 열중이다.

검에 베어 벌어진 등의 상처를 우선 꿰맨 후 금창약을 발랐다. 그런 다음 살이 움푹 파인 왼쪽 어깨의 상처를 들여다보았다.

"지독한 상처구려."

고개를 저으며 중얼거린 의원이 다시 상처를 치료하기 시작했다. 그 모습을 차마 못 보겠는지 단목성이 자리에서 일어나 밖으로 나갔다.

"소저도 나가 있는 게 좋을 텐데……."

의원이 서윤의 상처에 시선을 고정한 채 설시연에게 말했다. 하지만 그녀는 고개를 저었다.

"아니에요. 여기 있을게요."

"그럼 그러시던지."

설시연을 힐끗 쳐다본 의원이 계속해서 치료하며 중얼거렸다. 그렇게 설시연은 서윤의 치료가 끝날 때까지 곁을 지켰다.

설시연은 서윤의 옆에서 날을 꼬박 새웠다.

마차 안에서 간단히 운기해 내상을 다스린 설시연이었지만 완전히 치료가 된 것은 아니었다.

잠시 괜찮아졌던 그녀의 혈색은 다시 창백해져 있었다. 하지만 그럼에도 설시연은 서윤의 곁에서 뜬눈으로 밤을 새웠다.

서윤의 외상 치료에 심력을 쏟은 의원은 잠시 눈을 붙이고 돌아왔다.

"소저도 내상이 있는 것 같은데?"

"전 괜찮아요."

설시연의 대답에 의원이 한숨을 푹 내쉬더니 입을 열었다.

"의원을 제일 화나게 하는 사람이 누군지 아시오?"

그 말에 설시연이 의원을 바라보았다.

"첫 번째는 몸 관리를 제대로 못해 다치거나 병에 걸리는 사람이오. 그리고 두 번째는 아픈데도 아프지 않다고 고집부리는 사람이라오. 소저는 두 가지 경우 모두에 속해."

그렇게 말한 의원은 억지로 설시연의 손목을 잡아챘다. 충분히 피할 수 있었으나 설시연은 순순히 손목을 내주었다.

잠시 그녀의 맥을 짚은 의원이 인상을 찌푸렸다.

"동아, 이리 와보거라!"

의원이 밖에 대고 소리치자 젊은 청년 한 명이 문을 열고 모습을 드러냈다. 그러자 의원이 종이에 무언가를 적더니 청년에게 건네며 말했다.

"이대로 달여 가지고 오너라."

"예."

청년이 덤덤한 표정으로 의원에게서 종이를 받아 들었다. 그러고는 방 안을 한 번 훑어본 뒤 방을 나섰다.

"혹시 다른 일행도 있소?"

"네."

"흠, 뭔가 큰 싸움이 있었던 모양이구만. 다 데려오시오."

의원의 말에 설시연이 멀뚱하게 그를 바라보았다. 그러자 의원이 뭐 하고 있냐는 듯 설시연을 바라보다가 입을 열었다.

"큰 싸움이 났다면 부상자도 많을 텐데 그냥 놔둘 셈이오? 제대로 치료도 못한 상태에서 또 그런 상황이 벌어지면 어찌할 것이오?"

의원의 말에 설시연은 퍼뜩 깨닫는 것이 있었다.

'왜 끝이라고 생각했을까.'

설시연은 자리에서 일어나 의원 밖으로 나갔다. 그녀가 나가자 의원은 다시금 서윤의 상태를 살피기 시작했다.

얼마 지나지 않아 의원은 대륙상단 무인들과 의협대원들로 가득 찼다. 환자가 많아져 정신없을 텐데도 의원은 차분하게 환자들을 분류하고 진료를 시작했다.

동이라 불린 청년 역시 의원을 도와 묵묵히 사람들을 치료했다. 제법 의원에 오래 있었는지 간단한 치료는 척척 해냈다.

간단히 탕약을 한 사발이면 되는 환자부터 손이 많이 가는 치료가 필요한 사람들까지 제각각이다.

제대로 끼니도 들지 못하고 하루 종일 치료에 매진한 의원의 얼굴이 몇 년은 더 늙은 듯 피곤해 보였다.

모든 인원이 치료를 마치자 설궁도가 다가왔다.

그의 손에는 목함 하나가 들려 있었다.

"정말 감사합니다."

"아니오. 의원이 환자 치료하는 건데……. 이렇게나 부상자가 많은데 안 찾아왔으면 도리어 화가 났을 게요."

의원이 대수롭지 않다는 듯 대답했다.

"치료비입니다."

설궁도가 손에 들고 있던 목함을 열며 의원에게 건넸다. 그 안에는 금자 석 냥이 들어 있었다.

이렇게 작은 마을의 의원에서는 벌기 어려운 액수였다.

"많소."

의원이 짧게 대답했다. 이렇게 큰돈을 보면 없던 탐욕도 생기게 마련이건만 의원의 눈빛에는 흔들림이 없었다.

"그래도 받으십시오. 대륙상단은 보은이 확실한 곳입니다."

"대륙상단이라고?"

설궁도의 말에 의원이 눈을 빛내며 물었다.

"그렇습니다."

설궁도의 대답에 의원이 가만히 고개를 끄덕였다.

"아무튼 이 금액은 많소. 동이야!"

의원이 한쪽에서 주변을 정리하고 있는 청년을 불렀다. 그러자 청년이 하던 것을 멈추고 서둘러 달려왔다.

"예."

"얼마지?"

"탕약으로 치료가 가능한 인원이 열이고, 외상 치료자가 다섯이고, 거기에 중상자가 셋이니… 은자 두 냥 하고도 육십 문입니다."

"그것만 주시구려."

의원의 말에 설궁도가 멋쩍은 미소를 지었다. 하지만 그렇다고 그도 의견을 굽힐 생각이 없었다.

"그냥 받으십시오. 예치금으로 걸어둘 터이니 나중에 또 이런 일이 생기거든 부탁드립니다."

그러자 의원이 설궁도를 빤히 바라보았다. 설궁도 역시 시선을 피하지 않았다.

잠시 그렇게 설궁도를 바라보던 의원이 목함을 받았다. 그러자 설궁도의 표정이 밝아졌다.

목함을 받아 든 의원이 안에서 금자 두 냥을 꺼냈다. 그러고는 설궁도에게 건넸다. 그러자 설궁도가 무슨 의미냐는 듯 의원을 바라보았다.

"금자 석 냥은 잘 받았소. 이제 금자 석 냥은 내 것이오. 그렇지 않소?"

"맞습니다. 한데 두 냥을 제게 왜……."

"금자 두 냥을 드릴 테니 이 녀석 좀 데려가시오."

그 말에 설궁도는 놀란 표정을 지었으나 동이라는 청년은 표정에 변화가 없었다.

"짐짝 좀 치워 달라는 의미에서 주는 거요."

의원이 얼떨떨한 표정을 짓고 있는 설궁도의 손에 억지로 금자를 쥐어 주었다. 그제야 정신을 차린 설궁도가 얼른 금자를 의원 옆에 내려놓았다.

"받을 수 없습니다."

"못 데려가겠다는 거요?"

"사람을 얻었으니 응당 제가 보답을 드려야 하는 것 아니겠습니까?"

"난 녀석을 떠넘기겠다는 거요."

"전 인재를 얻는 겁니다."

"이 녀석은 인재가 아니오."

"제가 비록 나이는 젊지만 사람 보는 눈은 제법 됩니다."

의원과 설궁도의 설전이 계속되었다. 두 사람 사이에 낀 입장임에도 동이라는 청년의 표정에는 변화가 없었다.

"좋소. 그럼 내 나중에 대륙상단에 신세질 일이 있으면 그때 금자 두 냥 치 신세를 지겠소."

그렇게 말하며 의원이 돌아앉았다. 더 이상은 말을 섞지 않겠다는 뜻이다.

의원의 등을 보며 한숨을 쉰 설궁도가 금자를 챙겼다.

"알겠습니다. 언제든지 대륙상단을 찾아주십시오."

설궁도는 설시연으로부터 의원이 한 이야기를 들어 알고 있었다. 게다가 상단을 운영하고 있는 소상주가 어찌 이번 치료에 들어간 비용을 모르겠는가. 은자 석 냥에 가까운 금액이었지만 실상은 그보다 더 많은 비용을 지불해야 하는 것을 알고 있었다.

우연이지만 제대로 된 의원을 만나 치료를 받았으니 금자석 냥은 아깝지 않다는 것이 설궁도의 생각이었다.

"너는 얼른 가서 짐 챙겨라."

"예."

의원의 말에 동이라는 청년이 짧게 대답하고는 짐을 챙기러 들어갔다.

그러는 사이 의협대원들이 아직 의식을 찾지 못하고 있는 서윤을 조심스레 마차로 옮겼다.

청년의 짐은 간소했다.

간단히 짐을 싸가지고 나온 동이 의원에게 큰절을 올렸다.

"다녀오겠습니다. 건강하십시오."

"네 녀석보다는 오래 살 것 같으니 걱정 말아라."

의원이 퉁명스럽게 대답했지만 동은 오히려 미소를 지었다.

"가시죠."

절을 한 동이 설궁도에게 말했다. 제법 오랜 시간 함께한 듯했는데 작별 인사는 너무나 간단했다.

잠시 후, 의협대와 대륙상단 일행이 의원을 떠났다. 혼자 남은 의원이 주변을 훑었다.

방금 전까지 사람들이 많았기 때문인지 평소보다 더 휑한 느낌이다.

"그 녀석 정도면 검왕에게도 도움이 되겠지."

그렇게 중얼거린 의원이 자리를 털고 일어났다.

일행을 따라나선 청년의 이름은 그냥 동(棟)이었다. 성은 따로 없었고 어릴 때 버려진 그를 의원이 데려다가 먹이고 기르고 가르쳤다고 한다.

중요한 인물이 되라는 뜻에서 의원이 동이라 이름을 붙였다는 이야기도 덧붙였다.

말을 탈 줄 모르는 동은 마차에 올라 이동했다.

출발하고 반 시진쯤 지났을까.

동이 가져온 짐에서 침통을 꺼냈다. 그러자 보고 있던 설시연이 물었다.

"뭘 하려는 거죠?"

"침놓을 시간입니다."

동의 말에 설시연이 깜짝 놀랐다. 흔들리는 마차 안에서 침을 놓다니.

"그러다가 잘못되면 어떻게 하죠? 차라리 잠시 마차를 세우는 게 좋을 텐데요."

"괜찮습니다."

그렇게 대답한 동이 서윤에게 침을 놓으려 했다. 그러자 설시연이 재빨리 그의 손목을 잡았다.

"이봐요!"

"절대 우려하는 일은 벌어지지 않을 겁니다. 믿으십시오."

동이 힘주어 말했다.

설시연은 흔들림 없는 동의 눈빛을 마주하고는 슬그머니 손목을 놓았다.

불안감이 사라지지는 않았으나 동의 눈빛을 보고 나니 손목을 잡은 손에서 저절로 힘이 빠져나가는 것 같았다.

손목이 자유로워진 동이 잠시 눈을 감았다.

그러고는 어느 순간 눈을 뜨고는 재빨리 서윤의 요혈에 침을 놓았다.

그렇게 눈을 감았다가 뜨는 순간 침을 놓는 것이 반복되었다.

한참을 지켜보던 설시연은 눈앞의 청년이 마차의 흔들림을 느끼고 그것에 맞춰 침을 놓고 있다는 걸 깨달았다.

'대단하다!'

놀라지 않을 수 없었다.

아무리 대단한 의원이라도 해내지 못할 것 같은 일을 눈앞의 청년은 해내고 있었다.

그렇게 한참 동안 서윤의 몸에 침을 놓은 동이 작게 한숨을 내쉬었다. 어느새 그의 얼굴은 땀으로 흥건했다.

그만큼 집중했다는 뜻이다.

"대단하네요."

"감사합니다."

"아까 그 의원에게 배운 건가요?"

"그렇습니다."

"그 의원도 실력이 대단한 분이겠네요. 어찌 그런 분이 이렇게 작은 마을에 계시는지······."

"그런 것까지는 모릅니다. 다만 스승님께서 항상 말씀하시길 도시에서 하든 작은 마을에서 하든 사람을 살리는 건 똑같다고 하셨죠."

동의 말에 설시연이 고개를 끄덕였다.

"그렇게 오랜 시간 함께 지냈는데 섭섭하지 않은가요? 다시 돌아가고 싶다거나······."

설시연의 물음에 동이 가만히 고개를 저었다.

"항상 말씀하셨습니다. 때가 되면 떠나야 할 거라고. 그저 지금이 그때라고 생각할 뿐입니다. 그리고 다시 돌아가 봤자 아마 떠나고 안 계실 겁니다."

"떠나다니요?"

동의 말에 설시연이 놀란 표정으로 물었다. 그러자 동이 덤덤한 표정으로 말을 이었다.

"저 때문에 그 마을에 계신 것이지 원래 그곳 분은 아니라고 들었습니다. 중원을 돌아다니시던 분이라고 들었습니다."

동의 대답에 설시연은 놀라움을 금치 못했다.

아무리 기인이 많은 중원이라고 하지만 이렇게 작은 마을에 그런 의원이 있을 줄은 꿈에도 생각지 못한 탓이다.

'혹시 의선이 아닐까?'

설시연은 문득 그런 생각이 들었다. 그리고 잠시 동을 바라보다가 조심스레 물었다.

"혹시……."

하지만 그녀의 말이 채 끝나기도 전에 동이 고개를 저었다.

"의선을 말씀하시는 거라면 아닙니다."

"정말인가요?"

"그렇습니다. 그런 질문을 한두 번 받은 것이 아니라……."

동의 대답에 설시연은 고개를 끄덕였다. 의선을 이렇게 쉽게 만날 수 있을 리가 없었다.

'데려가면 할아버지의 병세에도 도움이 될 사람이야.'

비록 침놓는 것을 한 번 본 것에 불과하지만 그의 실력이 대단하다는 것을 짐작하기에는 충분했다. 그런 생각을 하는 사이 동은 서윤의 몸에서 침을 뽑고 있었다.

"언제쯤 깨어날 것 같나요?"

"기혈은 많이 좋아졌습니다. 문제는 내상인데 제때 탕약을 먹으면 이틀 정도 지나면 깨어나지 않을까 싶습니다."

"그래도 다행이네요."

설시연이 서윤을 보며 중얼거리듯 대답했다. 그런 부상을 입었음에도 회복 속도가 빠르다는 건 서윤의 내력이 정순하다는 뜻이기도 하지만 의원과 동의 실력이 뛰어나다는 방증이기도 했다.

서윤의 상태가 호전되었다는 이야기에 설시연도 그제야 조금은 마음을 편히 먹으며 창밖으로 시선을 돌렸다.

　　　　　＊　　　　　＊　　　　　＊

　동이 말한 이틀이 지났다.

　그리고 그가 말한 대로 미시 초에 서윤이 가늘게 눈을 떴
다.

　오랜 시간 눈을 감고 있어 시야가 흐려진 탓인지 서윤이 연
신 눈을 껌뻑였다.

　"정신이 들어요?"

　서윤은 설시연의 목소리에 고개를 돌렸다. 오래 누워 있던
탓인지 고개만 살짝 돌렸는데도 몸이 뻐근했다.

　특히 어깨와 등에서 오는 통증이 절로 인상을 찌푸리게 만
들었다.

　"여긴……."

　"마차 안이에요."

　갈라지는 서윤의 목소리에 설시연이 낮은 목소리로 대답했
다. 대답을 들은 서윤은 다시 눈을 감았다. 그러고는 조심스
럽게 진기를 돌려보았다.

　하단전과 중단전에 웅크리고 있던 진기가 무리 없이 움직이
기 시작했다.

　아직 미약하게나마 통증은 남아 있었지만 이 정도면 정상
에 가까운 몸 상태였다.

　가볍게 진기를 소주천의 경로로 한 바퀴 돌린 서윤은 다시

눈을 떴다. 짧게나마 진기를 돌린 덕분인지 처음보다 시야가 많이 밝아져 있다.

"괜찮습니까?"

서윤이 설시연을 보며 물었다. 그러자 설시연이 작게 한숨을 내쉬었다.

지금까지 의식을 잃고 누워 있던 사람이 눈을 뜨자마자 다른 사람 걱정부터 하다니. 눈앞에 있는 이 남자는 자신이 어떤 고비를 넘겼는지 모르는 듯했다.

"전 괜찮아요. 그것보다 위험했다고요. 다른 사람 걱정할 때가 아니에요."

설시연의 대답에 서윤이 힘겹게 미소를 지었다.

내상이 거의 다 치유되었다고는 하지만 심각한 부상을 입은 만큼 아직은 좀 더 안정을 취해야 했다.

"약만 몇 번 더 드시면 괜찮아지실 겁니다."

머리맡에서 들리는 낯선 목소리에 서윤이 눈을 위로 치켜떴다. 하지만 몸을 제대로 움직이기 어려운 상황이라 누구인지 제대로 볼 수가 없었다.

"계속해서 치료해 주신 분이세요."

"감사합니다."

서윤의 인사에 동이 고개를 저으며 말했다.

"권왕의 제자를 치료하게 되어 오히려 제가 영광입니다."

동의 대답에 놀란 사람은 서윤뿐만이 아니었다. 설시연도 놀라기는 마찬가지였다.

어차피 자신이야 대륙상단 사람이라는 걸 알고 있으니 검왕의 손녀라는 것을 쉽게 알 수 있다지만 서윤의 경우에는 아니었다.

출발하고 계속해서 마차 안에서 지냈기에 다른 사람이 와서 이야기를 해줄 수가 없었다.

"어떻게 알았죠?"

설시연의 물음에 동이 당연한 것 아니냐는 듯 대답했다.

"제가 들은 바로는 이런 진기를 가진 이는 권왕밖에 없다고 들었습니다. 그런데 비슷한 진기를 가진, 이렇게 젊은 분이라면 제자가 아닐까 한 거지요. 쉽습니다, 그 정도 유추는."

동의 대답에 문득 그럴 수도 있겠다고 생각한 설시연이 고개를 저었다.

"상태는 어때요?"

"나쁘지 않습니다. 이 정도면 곧 일어날 수 있겠네요."

"내상은 거의 다 나은 상태이지만 아직 외상 회복이 조금 더딥니다. 특히 왼쪽 어깨는 살이 움푹 파여 근육까지 상한 상태입니다. 무리하면 평생 온전하게 팔을 움직이지 못할 수 있습니다."

동의 대답에 설시연이 벌어진 입을 다물지 못했다. 상처가 심하다는 건 알고 있었지만 그 정도로 심각한 줄은 몰랐던 까닭이다.

"그래도 뭐 지금은 그렇게 될 가능성은 희박해졌으니 너무 걱정 마십시오. 무리만 안 하면 됩니다, 무리만."

동의 대답에 설시연도, 서윤도 조금은 안심하며 동시에 한숨을 내쉬었다. 그러는 사이 마차가 멈춰 섰다.

점심때가 된 것이다.

마차가 멈추고 얼마 지나지 않아 문이 열렸다.

세 사람이나 마차를 타고 움직이는 탓에 말을 타고 상행을 하고 있는 설궁도였다.

마차가 멈춰 설 때마다 가장 먼저 문을 열어 서윤의 상태를 확인하는 사람은 항상 그였다.

"윤이는?"

"깨어났어요."

"형님."

"오오!"

서윤의 목소리에 설궁도가 얼른 마차에 올라탔다. 그러자 순식간에 마차 안이 비좁아졌다.

그러자 동이 조용히 반대쪽 문을 열고 마차에서 내렸다.

지금 당장은 자신이 살피지 않아도 될 정도로 회복되어 있는 상태였다.

"정신이 들었냐?"

"예, 괜찮으십니까?"

"나야 괜찮지. 지금 남 걱정할 때가 아니라고. 자네 걱정을 해야지."

설궁도의 반응도 설시연과 다르지 않았다. 다른 듯 닮은 두 사람을 보며 서윤은 피식 미소를 지었다.

"웃는 걸 보니 그래도 좀 살 것 같은 모양이구만. 다른 사람들도 걱정 많이 했어."

"다들 괜찮습니까?"

"괜찮아. 아우보다 심한 부상을 입은 사람은 없었으니까."

설궁도의 대답에 서윤이 다행이라는 듯 안도의 한숨을 내쉬며 눈을 감았다.

"배고플 텐데 뭐라도 좀 먹어야지?"

"제가 준비해 올게요."

설궁도의 말에 설시연이 얼른 마차에서 내렸다. 그런 그녀를 보며 미소를 지은 설궁도가 서윤에게로 시선을 돌렸다.

"연이가 마음고생이 심했어. 얼마나 전전긍긍했는지 몰라."

"그랬군요. 죄송합니다. 심려를 끼쳐 드려서."

서윤의 대답에 설궁도가 가만히 고개를 저었다. 서윤이 심한 부상을 입었음에도 힘을 내지 않았다면 자신들은 다 죽었을 것이라는 걸 누구보다 잘 알고 있기 때문이다.

"대원들은 괜찮습니까?"

"심한 부상을 입은 사람이 몇 있긴 하지만 목숨을 잃은 사람은 없어. 다들 아우가 언제 깨어나나 목이 빠지게 기다리고 있다네."

설궁도의 대답에 서윤이 안도의 한숨을 내쉬었다. 만약 누구 한 명이라도 죽었다면 그 고통이 굉장히 심했을 것이다.

"조장을 좀 불러주십시오."

"일단 요기부터 하고. 황보 소협도 식사 중일 터이데."

"알겠습니다."

그리고 잠시 후 설시연이 서윤이 먹을 음식을 가지고 마차 안으로 들어왔다. 제대로 된 식사를 하기에는 아직 무리일 것 같아 죽 같은 음식을 가져왔다.

그녀가 음식을 가져오자 설궁도가 조심스럽게 서윤의 상체를 일으켜 세웠다.

"아, 해요."

"괜찮습니다. 제가 먹을 수 있습니다."

"제대로 움직이지도 못하면서 무슨 소리예요. 얼른 아, 해요."

단호한 설시연의 목소리에 서윤이 멋쩍은 표정을 지으며 어색하게 입을 벌렸다.

그사이 죽을 한 숟갈 뜬 설시연이 후후 불어 죽을 조금 식힌 뒤 서윤의 입에 떠 넣어주었다.

그 모습을 지켜보는 설궁도의 입가로 보일 듯 말 듯한 미소가 번졌다.

서윤의 식사가 끝나고 서윤은 황보수열과 마주 보고 앉았다. 서윤을 바라보는 황보수열의 표정과 시선에서는 서윤을 어떻게 대해야 할지 난감해하는 감정이 고스란히 드러나 있었다.

　"그냥 평소처럼 하시면 됩니다. 달라질 건 아무것도 없습니다."

　"후, 알겠네."

　서윤의 대답에 황보수열이 작은 한숨과 함께 대답했다. 사실 황보수열의 입장에서는 서윤이 그렇게 나와 주니 훨씬 마음이 편했다.

　"몸은 좀 어떤가?"

　"며칠 지나면 움직일 수 있을 겁니다."

　"상처 부위는?"

　"왼쪽 어깨는 무리하지 말라고 합니다. 다른 곳은 괜찮습니다."

　"다행이네."

　황보수열이 고개를 끄덕이며 대답했다.

　"드릴 말씀이 있습니다."

　"뭔가?"

　서윤의 말에 황보수열이 서윤을 바라보았다.

　"탁곤의 무공, 기억하십니까?"

　"물론이지."

"그자의 무공과 마영방주의 무공이 같았습니다."

"뭐? 같았다고?"

"예."

서윤의 대답에 황보수열이 혼란스러운 표정을 지었다.

"확실한가?"

"확실합니다."

"마영방주의 무공은 어떻게 알지?"

"손속을 겨뤄보았습니다."

"손속을 겨뤄보았다?"

"예. 지금 의협대가 쓰고 있는 그 장원은 원래 마영방이 쓰려고 지은 건물이었습니다."

길지 않은 서윤의 대답에 황보수열은 알겠다는 듯 고개를 끄덕였다. 마영방의 성향을 알고 그 마을에 서윤이 살았다는 것만 알아도 충분히 짐작할 수 있는 일이었다.

"마영방주와 탁곤의 무공이 같았다……."

황보수열이 인상을 찌푸렸다. 어찌 같은 무공을 익히고 있는 것일까.

"뒤에 누군가가 있는 게 분명합니다. 마영방주와 싸운 그다음 날 장원에 있던 마영방도들이 모두 죽어 있었고 마영방주는 사라지고 없었습니다. 그리고 청양문주와 동귀어진했죠. 누군가가 데려가 치료하지 않은 이상 어려운 일입니다."

"그렇겠지. 일단 이 내용은 본 단에 보고하겠네. 몸도 불편한데 쉬게."

"예."

황보수열이 마차에서 내리자 서윤은 깊은 한숨과 함께 자리에 누웠다.

서윤은 멀뚱히 천장을 바라보았다.

그러다가 며칠 전 있던 그 전투를 떠올렸다.

처음으로 사람을 죽이고 목숨을 걸었던 싸움.

그때에는 정신이 없어 그런 감정을 느낄 겨를이 없었지만 지금 생각하니 심장이 두근거리고 숨이 가빠왔다.

그러자 중단전에 있던 기운이 서윤을 어루만지기라도 하듯 빠르게 움직였다. 그 움직임에 맞춰 서윤의 마음도 진정되어 갔다.

"하아……."

마음은 진정이 되었지만 서윤의 머릿속은 복잡하기 그지없었다.

어쩔 수 없는 상황이었다지만 누군가의 목숨을 빼앗는 것이 아무렇지 않을 수가 없었다. 그것도 처음 겪은 일이라면 더더욱.

한숨을 쉰 서윤은 복잡한 머릿속을 정리하기라도 하려는 듯 눈을 감았다.

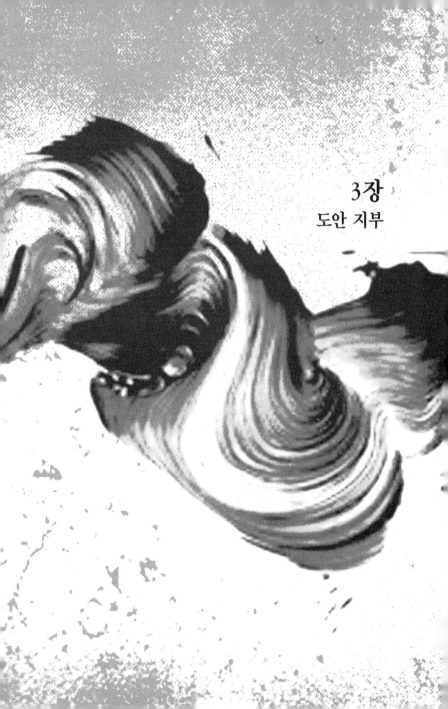

3장
도안 지부

風神徐闇

풍신서윤

　동의 말대로 이틀이 지나자 서윤은 걸을 수 있을 정도로 몸이 회복되었다. 물론 아직까지 말을 타는 건 무리였지만 누워만 있어야 하는 상황은 아니었다.

　흔들리는 마차에 몸을 맡긴 채 창밖을 내다보고 있는 서윤을 가만히 바라보던 설시연이 입을 열었다.

　"무슨 생각해요?"

　그녀의 목소리에 창밖에서 시선을 뗀 서윤이 설시연을 바라보았다.

　"그냥… 다행이다… 그런 생각을 합니다."

　"그래요. 다행이죠. 치열하던 것치고는 피해도 적고 그 이후로 아직까지 잠잠하니까요."

설시연의 말에 서윤이 옅은 미소를 지었다.

사실 서윤이 다행이라고 한 것은 그런 의미가 아니었다. 마차를 타고 가는 지금의 이 상황을 말하는 것이었다.

서윤은 움직일 수 있게 된 후 마차에서 처음 내렸을 때를 떠올렸다.

대륙상단의 무인들은 물론이고 의협대원 모두가 서윤을 쳐다보고 있었다.

깨어났다는 이야기는 들었으나 움직일 수가 없는 상황이라 얼굴을 보지 못하고 있었으니 서윤이 마차 밖으로 나왔을 때 시선이 쏠리는 것은 충분히 이해할 수 있었다.

하지만 문제는 서윤을 바라보는 그들의 시선이었다.

초롱초롱하게 빛나는 그들의 눈빛에 담긴 것은 분명 경외심이었다.

존경하면서도 가까이 하지 못하는 마음.

대륙상단 무인들이야 서윤이 설군우의 조카이고 신도장천의 손자라는 것을 알고 있었으니 서윤을 바라보는 시선이 크게 달라지지는 않았다.

하지만 문제는 의협대원들이었다.

서윤의 정체를 알고 있는 사람은 오직 황보수열 한 명뿐이었다.

정체를 눈치챘는지는 알 수 없었으나 그날 서윤이 보인 무위만으로도 의협대원들로부터 그런 시선을 이끌어내고 있었다.

끈덕지게 달라붙어 자신에게 살갑게 굴던 단목성마저도 멀찌감치 떨어져 어려워하는 모습을 보이고 있었으니 다른 조원들이야 말할 것도 없었다.

이런 사태를 염려해 애초에 자신의 정체를 숨긴 서윤이기에 그들의 시선이 당혹스러우면서도 부담스럽기도 했다.

그나마 마차를 타고 가는 이 시간만큼은 그런 시선에서 자유로울 수 있으니 다행이라 생각했다.

서윤의 생각을 제대로 헛짚은 설시연은 서윤의 왼쪽 어깨에 감긴 붕대를 바라보았다.

이제 더 이상 피가 흐르지는 않고 있지만 가끔 진물이 흘러 나와 상처 부위를 중심으로 노랗게 색이 변해 있었다.

살점이 떨어져 나간 만큼 새살이 돋을 때까지는 제법 시간이 걸릴 것이다.

'그전까지는 아무 일도 없어야 할 텐데.'

굳이 서윤까지 나서지 않아도 된다면야 모르겠지만 그런 상황이라 해도 서윤이 가만있지는 않을 것이라는 걸 잘 알기에 설시연의 걱정이 깊어갔다.

상단의 남하는 계속되었다.

귀왕채와의 일전 이후 아직까지는 아무 일도 벌어지지 않고 있었다.

처음에는 다들 안심하는 듯했다.

그런 끔찍한 경험을 다시 하지 않아도 되겠구나 싶었으나 시간이 지날수록 조금씩 불안해지기 시작했다.

언제고 그런 일이 다시 벌어지지 말라는 법이 없는 시기였다.

조금씩 불안감이 자리 잡아가고 있을 때,

대륙상단 일행은 광서성 도안(都安)현에 도착했다.

*　　　*　　　*

"이게……."

누군가가 중얼거렸다.

한 사람의 중얼거림이었지만 지금 눈앞에 펼쳐진 광경을 보는 모든 이가 같은 심정이었다.

도대체 어찌 된 일인가.

눈앞에 불타고 있는 건 분명 무림맹 도안 지부였다.

무림맹의 지부가 불에 타고 있다는 건 누군가의 습격이 있었다는 뜻.

아무리 지부라 하지만 어떤 무리의 습격이 있었기에 이런 상황까지 내몰렸단 말인가.

어떤 이는 경악하는 표정을, 어떤 이는 침통한 표정을 지었다.

하지만 의협대원들의 눈빛은 싸늘하게 식어가고 있었다.

"어서 화재부터 진압하도록!"

황보수열이 외쳤다.

하지만 그런 명령을 내리는 그 자신도 당장 화재를 진압할 방법이 없다는 것은 잘 알고 있었다.

의협대원들은 물론이고 대륙상단 무인들까지도 도저히 가까이 다가갈 엄두가 나지 않을 정도로 활활 타오르고 있었다.

그나마 가까운 거리에 민가나 상가 등이 없다는 걸 다행스럽게 여길 뿐이었다.

탁! 탁! 따따닥!

화염에 휩싸인 나무가 요란한 소리를 내며 조금씩 건물들이 무너져 내리고 있다.

사람들이 화재를 넘어 화마(火魔)에 가까운 광경에 정신이 팔린 사이, 서윤은 넘실거리는 불길 사이로 담벼락에 새겨진 한 글자를 보았다.

폭(爆)

'폭…….'

글자를 보았으나 마땅히 떠오르는 것이 없자 서윤은 곁에 서 있는 설시연에게 물었다.

"혹시 폭이라는 글자와 연관된 산채나 문파가 있습니까?"

"글쎄요. 왜 그래요?"

"저기."

서윤이 손가락으로 담벼락을 가리켰다. 그러자 주변에 있던 사람들도 그제야 담벼락에 새겨진 '폭'이라는 글자를 발견했다.

하지만 누구 한 명 '폭'이라는 글자를 보고 무언가를 떠올리는 사람은 없었다.

'누가… 왜 저런 글자를 남겼을까.'

서윤이 인상을 찌푸렸다.

아직 제대로 낫지 않은 왼쪽 어깨에서 통증이 밀려오는 것 같은 착각이 일었다.

서윤이 불타고 있는 건물 쪽으로 시선을 돌렸다.

그의 두 눈동자에 사그라질 줄 모르는 불길이 일렁이고 있다.

불길을 잡은 것은 건물이 거의 다 타고 난 후였다.

하늘로 치솟는 불길을 본 마을 사람들이 저마다 물을 길어 나르며 불길을 잡기 위해 애썼고, 건물이 모두 주저앉기 전에 가까스로 불길을 잡을 수 있었다.

불길은 잡았지만 뜨거운 열기 때문에 아무도 도안 지부에 다가가질 못했다.

생존자가 있을 가능성은 없다고 봐도 무방한 상황.

누구의 짓인지 알아낼 수 있는 방법은 없었다. 그나마 단서가 될 수 있는 것이라고는 그을음 때문에 시커멓게 변해 버린

한 글자뿐이었다.

일단 일행은 가까운 객점에서 하루를 묵은 뒤 도안 지부의 상황을 살피기로 하고 발걸음을 옮겼다.

＊　　　＊　　　＊

낮에 본 충격적인 장면 때문인지 다들 식욕이 없어 보였다. 대부분이 저녁 식사를 남긴 채 자리에서 일어나 각자 배정받은 방으로 하나둘 사라졌다.

식당에 남은 사람은 서윤을 포함해 다섯 명이었다.

설궁도와 설시연, 황보수열과 천보가 남아 자리를 함께하고 있었다.

저녁때가 지나고 시간이 흐르자 식사 자리는 자연스럽게 술자리로 변했다.

아직 상처가 완전히 낫지 않은 서윤과 천보를 제외한 나머지 세 사람은 서로 술잔을 기울였다.

"도대체 누가 이런 일을……!"

황보수열은 여전히 분이 풀리지 않은 표정이었다.

무림맹 지부를 공격하는 것은 대놓고 무림맹을 적으로 돌리겠다는 뜻이다.

화가 났지만 그 화를 풀 대상을 알지 못하니 더욱 화가 치밀 수밖에 없었다.

황보수열은 내력으로 술기운을 몰아내지 않았다.

일부러 취하기 위해 술을 마셨다. 취기를 빌리지 않고서는 일찍 잠들기 어려울 것 같았기 때문이다.

"이 일을 본 단에서도 알고 있을까요?"

서윤의 물음에 황보수열 대신 천보가 고개를 저었다.

"모르겠습니다. 기습을 당했다면 아직 본 단에서는 모르고 있을 가능성이 큽니다."

천보의 대답에 서윤이 작게 한숨을 내쉬었다.

아직 귀왕채와의 일전도 보고하지 못한 상황이다. 이곳 도안 지부에 도착하면 그들의 도움을 받아 본 단에 보고할 예정이었으나 그 계획도 어긋나고 말았다.

"어떻게든 무림맹에 보고하고 후속 조치를 취해야 합니다. 그러지 않고 저희들만으로는 더 위험해질 수 있습니다."

"하지만 도안 지부가 저렇게 되어버렸으니……."

천보의 말에 서윤이 설궁도를 바라보았다.

"가장 가까운 대륙상단 지부는 어디 있습니까?"

"남녕(南寧)까지는 가야 해. 사실 이곳은 우리 대륙상단보다는 신화상회(神花商會)의 세력이 더 큰 곳이라 지부를 세우는 게 쉽지 않아서."

설궁도의 말이 끝나기가 무섭게 계속해서 술을 들이켜던 황보수열이 혀가 꼬부라진 말투로 '얼른 본 단에 보고를…'이라고 중얼거리더니 픽 고꾸라져 버렸다.

"보기보다 술이 약하구만."

그 모습을 본 설궁도가 중얼거렸다.

"여기에서 남녕까지 가서 무림맹에 소식을 전하는 게 빠르 겠습니까, 아니면 여기서 다른 무림맹 지부까지 가는 게 빠르 겠습니까?"

서윤의 물음에 설궁도가 얼추 거리를 계산하는 듯하더니 천보에게 물었다.

"혹 여기서 가장 가까운 무림맹 지부가 어디에 있는지 아십 니까?

"정확히는 모르지만 보통 지부 하나 당 속한 현과 주변 세 개 현까지를 담당하니… 합산(合山)까지는 가야 있을 듯합니 다. 남녕까지의 거리보다는 조금 빠를 듯합니다."

천보의 대답에 서윤이 고개를 끄덕이더니 입을 열었다.

"어차피 지금 저는 일행 사이에서 짐입니다. 일단 나머지는 남녕까지 최대한 빨리 이동하는 것으로 하고 저는 따로 합산 으로 가겠습니다."

서윤의 말에 설궁도와 설시연이 동시에 말했다.

"안 된다."

"안 돼요."

몸도 성치 않은데 일행과 떨어져 무슨 일이라도 생기면 그 땐 감당할 수 없을 것이 분명했다.

"소승의 생각도 같습니다. 몸도 성치 않은데 홀로 움직이는 건 위험합니다."

"오히려 혼자이기 때문에 안전할 수 있습니다. 그들은 상행에 집중하지 개인에 집중하고 있지는 않으니까요."

서윤의 말은 꽤 오래 생각하고 한 말이었다.

귀왕채와의 일전 이후 그런 일이 또 벌어진다면 자신은 짐이 될 뿐이라는 생각을 계속해서 해오고 있었다.

그런 생각을 하고 있는 찰나 이런 일이 벌어졌고, 어쨌든 무림맹 본 단에 보고해야 한다면 서두르는 것이 낫겠다고 판단한 것이다.

좋은 방법이라는 것은 부인할 수 없지만 자리를 함께하고 있는 세 사람의 입장에서는 걱정스러울 수밖에 없었다.

"일단 그 부분은 내일 아침 조장이 일어나면 다시 한 번 상의해 보는 것이 좋을 듯합니다."

천보가 술에 취해 엎드려 자고 있는 황보수열을 슬쩍 바라보며 말했다.

그러자 서윤도 작게 한숨을 쉬며 고개를 끄덕였다.

그리고 그런 서윤을 설시연은 걱정이 한가득 담긴 시선으로 바라보고 있었다.

다음 날 아침.

황보수열은 말끔한 모습으로 식당에 나타났다. 눈을 뜨자마자 운기를 통해 취기를 몰아낸 덕분이다.

식당으로 내려오는 그의 표정이 딱딱했다.

같은 방을 쓰는 천보로부터 어제 서윤이 한 이야기를 전해 들은 까닭이었다.

대주가 없는 상황.

조원들을 이끌고 있는 본인이 진중하게 생각하고 최선의 선택을 해야 하는 만큼 딱딱한 표정에서 고민의 흔적이 짙게 묻어나고 있었다.

공교롭게도 아침 식사 자리가 어제저녁 때와 같았다.

설궁도와 설시연, 서윤과 황보수열, 천보까지.

모두가 서윤이 제안한 것을 들어 알고 있기에 분위기는 조금 무거웠다.

의견을 제시한 서윤이야 크게 고민하고 걱정할 것이 없었지만 다른 사람들은 그렇지 않았기에 낯빛이 어두웠다.

다섯 사람은 말없이 아침 식사를 했다.

시간이 없으니 누구든 먼저 이야기를 꺼내야 하건만 아무도 쉽게 입을 열지 못했다.

어쨌든 결정권을 가진 사람은 황보수열.

그렇다면 그가 먼저 이야기를 꺼내는 것이 맞다고 생각한 다른 사람들은 그저 그의 입이 열릴 때까지 기다리고만 있었다.

하지만 뒤늦게 이야기를 들은 황보수열은 아직까지 입을 열지 못하고 있었다.

결국 식사가 거의 끝나갈 무렵, 서윤이 먼저 입을 열었다.

"이야기는 들으셨을 거라 생각합니다."

서윤의 말에 황보수열이 들고 있던 젓가락을 내려놓았다. 그리고는 서윤을 바라보았다.

"들었네."

"허락해 주십시오."

의견을 묻는 것이 아니다.

자신의 생각대로 하자는 서윤의 주장에 황보수열의 눈빛이 흔들렸다.

"쉽게 결정할 사안이 아니네."

"시간이 없습니다."

서윤의 말에 황보수열은 대답 대신 설궁도를 바라보았다.

"두 시진 정도 늦어져도 상행에는 문제없지 않습니까?"

"그렇긴 합니다."

현재 의협대는 호위의 임무만 수행할 뿐이었다. 상행을 끌어가는 사람은 그 누구도 아닌 설궁도였기에 황보수열은 그의 의사를 물은 것이다.

하지만 서윤도 물러서지 않았다.

"그 두 시진 늦어지는 것 때문에 동료들이 죽어갈 수도 있습니다."

"우린 이겨낼 수 있네."

황보수열의 말에 서윤의 목소리가 높아졌다.

"다른 곳으로 간 동료들은 아무도 이 사실을 모릅니다! 어째서 탁곤과 마영방주가 같은 무공을 사용하는지! 그들의 배후에 누군가가 있을 것이라는 사실을! 신속히 조치를 취하지 않으면 어떤 일이 벌어질지 모른단 말입니다!"

서윤의 말에 황보수열은 움찔했다.

엄밀히 따지면 자신들은 서윤 덕분에 피해를 최소화할 수 있었다. 서윤이 권왕의 제자가 아니고 고강한 무공을 가지지 않았다면 진작 여럿의 목숨이 사라졌을지도 모른다.

하지만 다른 쪽 상행을 호위하러 간 동료들은 아니었다.

'황보수열아! 정신 차려!'

황보수열은 스스로를 책망했다.

자신이 생각해도 자신은 제대로 된 판단을 내리지 못하고 있었다.

어느 순간 너무나 자신을 중심으로, 그리고 지금 이 자리에 있는 삼조만을 생각하고 있었다.

아직은 젊은 나이이기 때문에 그럴 수 있다지만 그런 자신의 모습을 황보수열은 용납할 수 없었다.

황보수열은 조장으로 만족할 사람이 아니었다.

경험을 쌓고 실력을 쌓아 인정받고 더 큰일을 하고 싶은 사람이었다.

그런데 지금 자신의 모습은 어떠한가.

큰일을 할 수 있는 사람의 모습이 아니었다.

서윤의 한마디가 황보수열을 일깨우고 짧은 순간 자신을 돌아보게 만들었다.

황보수열은 서윤을 바라보았다.

이런 상황에서도 좀 더 큰 부분을 생각하고 이야기하는 사람.

어쩌면 자신보다 더 큰 그릇일지도 모른다는 생각이 들었다. 아니, 권왕과 연이 닿고 그의 무공을 이어받을 때부터 자신보다 큰 그릇일지도 몰랐다.

"후……."

황보수열은 작게 한숨을 내쉬었다.

그러고는 서윤을 보며 고개를 끄덕였다.

"괜찮겠나?"

"괜찮습니다. 아침에 물어보니 어깨의 상처도 걱정 안 해도 된다고 합니다."

아침에 눈을 뜨고 어깨 상태부터 확인한 서윤이었다.

이미 서윤은 애초부터 이곳을 떠나 어제 자신이 말한 대로 움직일 생각을 하고 있었다.

"저도 함께 가겠어요."

거기서 치고 나온 건 설시연이었다.

전날 서윤의 생각을 들은 후 밤새 생각하고 내린 결론이었다.

서윤이 얘기한 대로 서둘러 무림맹 지부로 가서 본 단에 보고하고 지원을 받는 것이 중요했다. 하지만 그렇다고 서윤 혼자 보내는 것은 너무나 불안했다.

게다가 아직 몸도 성치 않은 상황이 아닌가.

설시연의 말에 설궁도를 제외한 다른 사람 모두는 그래도 상관없다고 생각했다.

설궁도도 반대하는 것은 아니었으나 동생의 일이기에 걱정되어 쉽게 승낙하기는 어려웠다.

"안 됩니다."

서윤이 단호하게 말했다.

그러자 설시연이 무슨 이유냐는 듯 서윤을 바라보았다.

"지금 이들에게는 누이가 필요합니다."

"머릿수로 보나 뭐로 보다 더 위험한 쪽은……."

"전 오히려 안전합니다."

서윤이 설시연의 말을 잘랐다. 그러고는 그녀의 눈을 똑바로 바라보고 말했다.

"저들이 주목하는 건 상행입니다. 지금까지 상단과 표국의 상행을 공격한 것만 봐도 무언가 목적이 뚜렷한 자들입니다. 저 혼자 따로 떨어져 나온다고 해서 그것이 바뀌지는 않습니다."

"하나만 알고 둘은 모르네요. 저들이 이루고자 하는 바를 막은 건 다름 아닌 동생이에요. 아닌가요? 저들도 이제 동생을 주목할 거라고요."

설시연의 말도 틀린 말은 아니었다.

살아서 돌아간 자들이 있고 그들 모두가 서윤의 무위를 보았다. 그렇다면 적들도 이제부터는 서윤을 주목할 것이 분명했다.

서윤은 생각해 보았다.

혼자 움직일 것인가, 함께 움직일 것인가.

하지만 그래도 결론은 혼자 움직이는 것이 나았다. 자신에게는 쾌풍보가 있다. 혼자 움직인다면 누구보다 빠르게 다녀올 수 있었다.

설시연이 익힌 추혼보 역시 뛰어난 보법이자 경공술이기는 하지만 쾌풍보에 비할 바는 아니었다.

"혼자 가겠습니다."

"정말이지!"

설시연이 답답하다는 듯 소리쳤다. 어느새 그녀의 눈이 붉게 물들어 있었다.

서윤에 대한 걱정과 자신의 뜻을 따라주지 않는 그에 대한 서운함이 동시에 묻어나는 눈빛이었다.

그런 그녀의 눈빛을 서윤은 애써 무시했다.

그러고는 덤덤하게 말을 이었다.

"혼자 움직이면 하루면 될 일을 누이가 함께하면 이틀이 걸립니다. 혼자 움직여 빨리 갔다가 다시 합류하는 편이 좋습니다."

"억지예요."

"연아."

그녀의 말을 막은 건 설궁도였다. 설궁도의 제지에 설시연은 하려던 말을 다시 집어넣었다.

설시연이 입을 다물자 설궁도가 서윤을 바라보았다.

"약속하거라."

"무엇을……."

"일단 약속부터 하거라."

진지한 설궁도의 말에 서윤이 고개를 끄덕이며 말했다.

"약속하겠습니다."

"최대한 빨리 다녀와라. 아무 일 없이 몸 성하게. 비록 피를 나눈 형제는 아니라지만 난 네 형이고 넌 내 동생이다. 연이가 위험해지는 것도 싫지만 네가 위험해지는 것도 싫다. 하지만 상황이 상황이고 너만 한 적임자가 없다는 판단에 반대하지 않았다. 나를 생각해서라도, 그리고 끝까지 따라가겠다고 고집부리는 연아를 생각해서라도 아무 일 없이 합류해라. 알겠느냐?"

"예."

설궁도의 말에 서윤은 울컥했다.

엄밀히 따지면 설궁도와 자신은 남남이다. 그런데 그는 단지 신도장천의 의손자라는 이유 하나만으로 아낌없이 형제의 정을 나눠 주고 있었다.

형제 없이, 남매 없이 살아온 서윤에게는 그런 설궁도의 말 한마디가 더없이 큰 힘이 되고 기꺼웠다.

서윤의 대답에 설궁도의 표정이 조금 밝아졌다.

하지만 곁에 앉은 설시연의 표정은 조금도 풀어지지 않았다.

서윤은 그녀의 얼굴을 잠시 바라보곤 미소를 지으며 말했다.

"누이, 걱정 마십시오. 금방 돌아올 테니. 전 쉽게 지지 않습니다."

"얼마 전까지 쓰러져 누워 있던 사람이 누군데."

설시연이 들으라는 듯 중얼거렸다. 그에 서윤이 민망해하며 답했다.

"뭐 그렇긴 하지만 걱정 마십시오. 멀쩡히 돌아와 누이 앞에 나타나겠습니다."

서윤의 말에 설시연이 눈을 흘겼다. 하지만 그렇다고 자신이 계속해서 고집을 피울 수도 없는 노릇이었다.

"알았어요."

설시연이 한풀 기세가 꺾인 목소리로 대답했다. 그러고는 바로 자리에서 일어나 자신의 방으로 올라가 버렸다.

"후……."

그녀가 올라가는 것을 본 서윤이 한숨을 내쉬었다. 그러자 설궁도가 서윤에게만 들리도록 나직이 말했다.

"연아가 단단히 삐쳤네. 다녀오면 잘 풀어줘야 할 거야."

장난기 섞인 말이었지만 서윤은 왠지 앞으로 고난이 있을 것 같다는 생각에 다시 한 번 한숨을 내쉬었다.

이후 식사를 하는 둥 마는 둥 한 서윤은 결국 설시연의 얼굴도 보지 못하고 일행과 떨어져 홀로 여정을 시작할 수밖에 없었다.

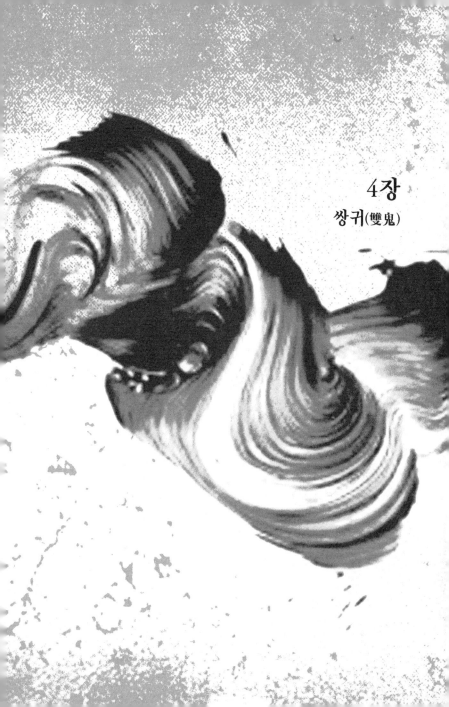

4장
쌍귀(雙鬼)

풍신서윤

　도안 지부가 있는 곳을 떠난 서윤은 최대한 속도를 높였다.
조금이라도 빨리 무림맹 본 단에 지금의 소식을 전하는 것이
중요했다.

　정도무림이 어떤 상황이라는 것까지는 생각할 겨를이 없었
다.

　당장 설궁도의 상행에 문제가 생긴 상황이고 처음으로 얻
은 동료들이 죽을 위기에 처해 있다.

　무림이 이런 곳이고 앞으로 본격적으로 이런 일이 벌어질
것이라지만 아직까지 서윤에게 그 앞의 일은 와 닿지 않는 머
나먼 일이었다.

하지만 지금까지 겪은, 어쩌면 빙산의 일각일지도 모를 그 일만으로도 서윤 스스로 걸음을 재촉하기에 충분했다.

그 때문일까.

서윤은 정 동쪽으로 방향을 잡고 내달렸다.

관도를 따라가는 것이 아닌 일직선 주파였다.

산길을 지나기도 하고 헤엄을 쳐야 할 정도까지는 아니지만 물길을 헤치고 지나가기도 했다.

그렇게 쉬지 않고 반나절을 달린 서윤은 도안과 합산의 중간 지점쯤에 도착할 수 있었다.

아무리 서윤이 중단전을 열고 다른 이보다 빠르게 달릴 수 있다고 하나 쉬지 않고 반나절을 달리는 건 무리였다.

몸을 완전히 회복한 상태라면 모르겠지만 며칠을 의식을 잃고 쓰러져 있을 정도로 큰 내, 외상을 입었다가 회복한 지 얼마 되지 않은 시점이기에 너무 무리하지 않는 것이 좋았다.

"후아~!"

서윤은 큰 나무 밑에 주저앉았다.

숲 속을 노니는 바람이 서윤의 땀을 식혀주었고, 그 기분 좋은 느낌에 몸을 맡기고 있자니 이내 거칠던 호흡도 안정을 찾아갔다.

그렇게 한 식경 정도 쉬었을까.

서윤은 다시 자리에서 일어났다. 무심하게 엉덩이를 털어낸 후 다시 움직이려는 찰나, 서윤의 주변을 노닐던 바람이 이질적인 무언가를 실어왔다.

'혈향!'

미약한 피비린내가 서윤의 코끝을 간질였다.

서윤은 몸 안의 기운을 풀었다. 그러자 몸 안에 갇혀 있던 기운이 물을 만난 고기처럼 빠르게 사방으로 뻗어나가기 시작했다.

잠시 그렇게 서 있던 서윤의 눈이 빛났다.

'북쪽!'

합산과는 방향이 달랐지만 그렇다고 그냥 지나칠 수도 없는 노릇. 서윤은 지체하지 않고 서 있던 곳에서 북쪽으로 쏘아져 나갔다.

혈향이 가장 짙은 위치에 도착한 서윤은 그 자리에 멈춰 선채 눈앞에 펼쳐져 있는 처참한 광경에 몸을 부들부들 떨었다.

뚝, 뚝, 뚝.

귓전을 울리는 소리.

진득한 피가 떨어지는 소리였다.

한 곳에서 들리는 것이 아닌 여러 곳에서 퍼지는 소리였다.

가까운 곳에서부터 먼 곳까지.

서윤의 눈에 들어온 건 나뭇가지에 걸려 있는 시체들이었다.

이들은 누구란 말인가.

그리고 이 참혹한 광경을 만들어낸 이는 누구란 말인가.

서윤의 두 눈이 스산하게 빛났다.

그리고 두 주먹을 으스러지도록 쥔 채 핏물로 질척거리는 땅을 밟고 앞으로 나아갔다.

숲길을 헤매고 시체들이 보이지 않게 되었을 즈음, 서윤은 다시금 발걸음을 멈추었다.

피로 물든 큰 바위 위에 두꺼운 호피를 깔고 앉아 있는 사내. 키는 작았지만 결코 무시할 수 없는 기도를 뿜어내고 있었다.

게다가 입가에 번져 있는 미소.

마치 오랜만에 만나는 벗에게 지어 보이는 미소 같았지만 주변 풍경 때문인지 스산하게 느껴졌다.

"드디어 만나는구나."

그가 자리를 털고 일어섰다.

서윤은 자신을 향해 다가오는 사내를 바라보았다. 아무리 기억을 더듬어 봐도 본 적이 없는 자였다.

"기억해 내려고 애쓸 필요 없다. 마주친 적이 없으니."

"누구시오?"

"마령인의 진짜 주인."

사내의 말에 서윤이 인상을 찌푸렸다.

"아, 그렇게 말하면 모르려나?"

키 작은 사내가 실수라는 듯 중얼거렸다. 그러고는 다시금 서윤을 향해 미소를 지어 보이며 말했다.

"마영방주와 탁곤이 익힌 무공 이름이 마령인이다."

서윤은 그제야 의문이 풀렸다.

자신의 생각이 맞았다. 마영방주와 탁곤은 같은 무공을 익히고 있었고, 그 배후에 누군가 있었다.

그리고 눈앞에 있는 자가 그 배후였다.

"버러지들에게 가르쳤다지만 마령인을 두 번이나 꺾은 녀석이라 궁금했다. 마영방주를 상대할 때는 아직 미숙하더니 탁곤을 상대할 때는 조금 성장한 것 같더군."

사내의 말에 서윤은 내심 놀랐다.

마영방주와 탁곤을 상대할 때 다른 누군가가 있다는 것을 눈치채지 못했다.

마영방주를 상대할 때에야 아직 중단전을 제대로 활용하지 못했기에 그럴 수 있다지만 탁곤을 상대할 때의 자신은 주변의 기운에 어느 정도 민감하게 반응할 때였다.

그럼에도 상대는 기척을 완벽히 감춘 채 자신을 지켜보고 있었다는 말이다.

만약 눈앞에 있는 자가 귀왕채와의 싸움에 개입했다면?

살아 있는 자는 없었을 것이다.

"그래서 용건이 무엇이오?"

서윤은 애써 긴장되는 마음을 숨기며 물었다.

"아직 감정을 숨기는 건 어려운 모양이구나. 흘흘. 용건이 뭐긴, 마령인을 두 번이나 깨는 바람에 자존심에 금이 갔으니 직접 보러 온 것이다."

"그럼 이 사람들은 뭐요?"

"뭐긴, 네놈 한 명 잡으려고 떼로 나타난 놈들이다. 녹림 나부랭이들이지."

서윤은 순간 사내의 말을 알아듣지 못했다.

녹림과 눈앞의 사내는 같은 편이 아니던가? 그런데 죽였다니. 이해가 가지 않았다.

"같은 편 아니오?"

"같은 편이라니?!"

서윤의 말에 사내가 발끈하며 소리쳤다. 그러자 서윤은 더욱 혼란스러워졌다.

'탁곤은 녹림이다. 그런 그에게 자신의 무공을 가르쳐 놓고 같은 편이 아니다? 뭐지?'

혼란스러워하는 서윤의 마음을 아는지 모르는지 사내가 두 개의 도를 꺼내 들었다.

"제대로 된 마령인을 보여주려고 지금까지 기다렸다."

"후……."

서윤은 작게 한숨을 쉬고 주먹을 쥐었다.

심하게 다친 왼쪽 어깨가 마음에 걸렸지만 지금은 그런 것을 신경 쓸 겨를이 없었다.

눈앞의 사내는 지금껏 만나보지 못한 강자.

과연 지금 자신의 실력으로 이길 수 있을지 가늠이 되질 않았다.

'이럴 줄 알았으면 억지로라도 얼굴 좀 보고 오는 건데.'

서윤은 설시연을 생각하다가 피식 웃었다.

이런 상황에서도 그런 생각을 하는 자신이 어처구니없이 느껴졌다.

서윤의 웃음을 오해했을까, 사내의 표정이 딱딱하게 굳었다.

그리고 곧 익숙하면서도 다른 기운이 사내의 몸에서 뿜어져 나오기 시작했다.

서윤은 밀려오는 긴장감에 무의식적으로 침을 삼켰다.

하지만 이내 풍령신공의 진기를 끌어 올렸다.

거센 바람이 서윤의 체내를 돌며 힘을 불어 넣고 모든 세포를 일깨우기 시작했다.

사내가 움직였다.

흐릿해지는가 싶더니 어느새 눈앞까지 사내의 시퍼런 도신이 쇄도해 있다.

'헛!'

서윤의 허리가 직각으로 꺾였다.

아슬아슬하게 허공을 가른 도가 회수되는가 싶더니 사내의 또 다른 도가 서윤의 다리를 노리고 횡으로 그어졌다.

팟!

자세가 불안정한 상황에서 서윤은 있는 힘껏 땅을 박찼다.

그러자 몸이 수평으로 허공에 뜸과 동시에 거리를 벌리며 날아갔다.

탁, 파박!

서윤의 발이 지면에 닿음과 동시에 가볍게 쏘아져 나갔다.

사뿐한 움직임이었지만 그 속도는 방금 전 사내가 보인 속도에 결코 뒤지지 않았다.

쿠우우우!

서윤의 주먹이 허공을 찢어버리려는 듯 강맹한 위력을 머금고 앞으로 뻗어나갔다.

상당한 속도였으나 사내의 표정은 조금도 변하지 않았다.

아직은 여유가 있는 듯 양손에 든 도를 교차해 앞을 막았다.

꽝!

서윤의 주먹이 사내의 도를 강하게 때렸다.

하지만 사내는 뒤로 몇 걸음 물러섰을 뿐 큰 피해를 받지 않은 듯했다.

반대로 서윤은 뒤로 제법 긴 거리를 밀려났다.

'큭!'

내상을 입은 것은 아니었지만 방금 뻗은 팔과 어깨가 찌릿하게 저려왔다.

'반탄지기가 상당하네.'

그렇게 중얼거린 서윤은 다시 진기를 끌어 올렸다.

그러자 방금 전까지 계속되던 찌릿한 통증이 순식간에 가라앉았다.

짧게 숨을 들이마신 서윤은 다시금 앞으로 쏘아져 나갔다.

순식간에 가속한 쾌풍보는 서윤을 하나의 선처럼 보이게 만들었다.

서윤의 주먹에 은은한 기운이 서렸다.

그리고 이내 폭발하는 격풍류운의 초식.

콰쾅!

그것으로 끝이 아니었다.

곧이어 왼 주먹으로 건룡초풍의 초식을 뿌려냈다.

꽈앙─!

연달아 막강한 초식 두 개를 쏘아낸 서윤은 인상을 찌푸렸다.

제대로 된 타격이 이뤄지지 않았다는 것은 손끝의 느낌으로 알 수 있었다.

역시나.

사내는 들어 올린 도신 뒤에서 음산한 미소를 짓고 있었다.

"재주는 다 부렸느냐?"

사내의 목소리에는 흔들림이 없었다.

거리를 벌리고 선 서윤은 사내의 목소리와 표정에서 오싹함을 느꼈다.

가늘게 떨리는 몸.

이길 수 있을 것인지조차 생각할 겨를이 없었다.

사내의 도가 강맹한 기운을 머금은 채 쏘아져 들어온 까닭이다.

서윤이 쾌풍보를 최대한으로 펼쳤다.

그러나 촘촘하지는 않지만 나무가 울창한 숲에서 제대로 된 보법을 펼치기가 여간 어려운 게 아니었다.

하지만 쾌풍보의 속도는 쉽게 잡을 수 있는 것이 아니었다.

서윤은 아슬아슬하게나마 공격의 범위를 벗어나고 있었다.

사내가 펼쳐 내는 마령인은 확실히 마영방주나 탁곤이 펼치는 것보다 위력적이었다.

등골이 오싹할 정도로 위험한 상황을 여러 차례 넘긴 서윤은 온몸이 땀으로 젖어 있다.

"헉! 헉! 헉!"

거친 숨을 몰아쉬는 서윤과 달리 사내는 단 두 번의 심호흡만으로 안정을 찾았다.

그만큼 효율적인 움직임을 가져갔다는 뜻이다.

"후……."

서윤이 가빠진 호흡을 다잡기 위해 길게 호흡을 가져갔다. 내부에서는 진기가 빠르게 돌며 도움을 주고 있었다.

호흡이 어느 정도 안정이 되자 서윤은 다시 진기를 끌어 올렸다. 내상을 입은 것도 아니고 아직 진기도 내부에서 힘차게 움직이고 있었다.

버거운 상대임에는 분명했다.

하지만 그렇다고 해서 상대가 자신을 압도하는 것도 아니었다.

그 증거로 사내의 얼굴이 딱딱하게 굳어 있었다.

마음대로 되지 않는 지금 상황에 스스로에게, 그리고 눈앞의 서윤에게 화가 나기 시작한 것이다.

'할 수 있다.'

서윤이 스스로에게 다짐하듯 속으로 중얼거렸다.

그러고는 다시 한 번 다리 쪽으로 진기를 몰아가며 쾌풍보를 펼쳤다.

빠르게 거리를 좁혀가는 서윤에게 사내가 쌍도를 휘둘렀다.

무섭게 쇄도하는 마령인.

하지만 서윤은 두 눈을 부릅뜨고 자신이 익힌 무공을 토해내기 시작했다.

'내가 익힌 것.'

서윤의 두 주먹이 풍절비룡권의 초식을 쏟아냈다.

강맹한 기운을 실은 바람이 마령인의 위력을 반감시켰다. 그 틈을 파고들며 또 다른 초식이 쏟아졌다.

거기에 지지 않으려는 듯 사내의 마령인이 거칠게 저항하기 시작했다.

하지만 서윤은 온 신경을 눈앞의 공격에 집중했다.

피하거나 막으려 하지 않았다.

이미 살점이 파이고 심각한 내상을 입는 경험을 한 서윤은 거칠 것이 없었다.

꽈과광!

풍절비룡권의 초식이 마령인에 맞부딪치며 터져 나갔다.

그 반탄력이 내부를 진탕시키고 있음에도 서윤은 물러서지 않았다.

주륵.

서윤의 입가에 한줄기 선혈이 흘러내렸다.

그리 검지 않은 것으로 보아 심각한 수준은 아니었지만 계속해서 지금처럼 부딪친다면 내상이 더욱 심각해질 수 있었다.

하지만 서윤은 이를 악물었다.

그러고는 내상이 번지는 것을 막고 있던 진기까지 모조리 끌어 모았다.

주먹으로 몰려드는 진기.

그와 함께 내부에서 시작된 통증이 점차 강해지는 것을 느꼈다.

서윤의 공격이 지금까지의 다른 공격보다 강한 기운을 머금고 있다는 것을 느낀 사내 역시 마령인을 극성으로 펼치기 시작했다.

이미 그의 표정에서 여유라는 단어는 찾아볼 수가 없었다.

죽이지 않으면 죽는다는 심정이 고스란히 묻어 있다.

서윤이 펼쳐 낼 수 있는 최고 위력의 건룡초풍이 펼쳐졌고, 사내 역시 마령인 최강의 초식이 뿌려졌다.

콰콰쾅! 쾅!

강렬한 폭음이 사방을 진동시켰다.

있는 힘을 최대한으로 쏟은 두 사람은 그 반발력을 버텨내지 못하고 서로 다른 방향으로 튕겨 나갔다.

쾅!

사내가 거목에 강하게 부딪치고는 그대로 땅에 쓰러졌다. 서윤 역시 땅바닥에 몇 번이나 튕기며 멀찌감치 나가떨어졌다.

"끄윽!"

사내가 지독한 통증에 신음을 흘리고 비틀거리며 자리에서 일어섰다.

어찌어찌 두 다리로 지탱하고 서기는 했으나 금방이라도 다시 다리가 풀려 쓰러질 것만 같았다.

"크학! 캭!"

사내가 검붉은 피를 쏟아냈다.

약한 내상을 입고 있던 상황에 마지막 충돌로 내상이 더욱 심해진 것이다.

"하하, 하! 빌어먹을! 이깟 애송이한테! 으아아!"

지금 자신의 모습을 조금도 상상하지 못한 듯 사내가 허공을 향해 분노를 토해냈다.

그의 입안에 고여 있던 피가 허공으로 비산했다.

"죽인다."

그렇게 말한 사내가 아직도 일어나지 못하고 있는 서윤을 향해 힘겹게 몇 발자국 내디뎠다.

"멈춰요!"

그때 들려오는 목소리.

사내가 깊은 한숨과 함께 잔뜩 인상을 찌푸렸다. 그러고는 소리가 난 쪽으로 시선을 돌렸다.

그곳에는 놀랍게도 설시연이 서 있었다.

서윤이 떠나고 얼마 지나지 않아 몰래 따라나선 것이다.

일단 출발도 늦은 데다가 정확한 방향을 알지 못해 뒤따라오는 게 조금 늦은 그녀였다.

그러다가 서윤이 발견한 시체들을 보게 되었고, 몇 차례 울린 폭음을 듣고는 서둘러 움직여 지금 이 상황을 마주하게 된 것이다.

"하하! 이거 참."

사내가 당혹스러운 듯 웃음을 흘렸다.

"혼 좀 내주러 간다더니 꼴좋다."

그때 사내의 옆으로 키 큰 다른 사내가 홀연히 나타났다.

설시연은 사내의 기척도 느끼지 못했고 어떻게 나타났는지도 보지 못한 까닭에 갑작스레 나타난 또 다른 사내를 보고 적지 않게 놀랐다.

하지만 그래도 서윤보다 조금은 더 강호 경험이 있는 그녀의 표정에는 변화가 없었다.

"그만 가자. 기회는 다음으로 미루고. 너 이 상태로 있다가는 죽어."

"미쳐 버리겠네, 정말!"

키 작은 사내가 아직 분이 풀리지 않은 듯 소리쳤다. 처음 서윤 앞에 나타났을 때의 차분하고 여유 있던 모습과는 전혀 다른 모습이다.

"너도 그 검 내리고 저놈 상태부터 살펴라. 살리고 싶으면. 아니지. 이미 죽었으려나?"

키 큰 사내의 말에 설시연이 슬쩍 쓰러져 있는 서윤 쪽을 쳐다보았다.

숨은 쉬고 있는 듯했지만 미동도 없는 서윤을 보니 걱정이 되었다.

잠시 두 사람을 노려보던 설시연이 검을 내렸다.

어차피 새롭게 나타난 사내와 싸운다면 질 것이 뻔했기에 이대로 정리하자는 제안을 마다할 이유가 없었다.

"잘 생각했다. 목숨 귀한 줄 아는 녀석이군."

그렇게 말한 키 큰 사내가 키 작은 사내를 부축해 그 자리에서 사라졌다.

"서윤!"

두 사람이 사라지자 설시연은 서둘러 서윤에게 다가가 그의 상태를 살폈다.

호흡과 맥박 모두가 불안정했다. 지난번에 비하면 외상은 없는 것이나 다름없었지만 내상은 더 심한 수준인 듯했다.

설시연은 축 처진 서윤을 힘겹게 들쳐 업었다.

그러고는 빠른 속도로 산길을 질주하기 시작했다.

방향은 일행이 있는 쪽이 아닌 합산 쪽이었다.

*   *   *

"쌍귀(雙鬼) 중 소귀(小鬼)가 권왕의 제자에게 당한 모양입니다."

"죽었나?"

"죽은 것은 아니지만 내상이 제법 심한 모양이에요."

여인의 대답에 뒷짐을 진 채 창밖을 바라보고 있는 사내가 덤덤하게 물었다.

"권왕의 제자는? 죽었나?"

"파악 중입니다."

"안 죽었군."

사내의 말에 여인은 대답 없이 고개만 숙였다.

"소귀와 동수를 이룰 정도라……. 나이를 생각하면 대단하긴 하지만 실망이야. 더 강할 줄 알았는데."

사내의 목소리에는 진심으로 실망스럽다는 감정이 묻어 있었다.

"권왕의 제자라고 해서 권왕 이상으로 성장하리라는 보장은 없습니다."

"그렇긴 하지. 그래도 호랑이는 살쾡이를 키우지 않는 법이야, 호랑이를 키우지."

"걸림돌이 되는 호랑이는 없는 것이 낫지요."

여인의 대답에 사내가 피식 웃었다. 그러고는 슬쩍 몸을 돌려 그녀를 바라보며 말했다.

"난 말이지, 걸림돌이 많았으면 좋겠다. 그것도 강한 걸림돌이."

"왜죠?"

"그래야 저들이 진심으로 절망하고 진심으로 굴복할 테니까. 권왕이 죽었음에도 저들이 무너지지 않는 건 아직 검왕이 있기 때문이고 아직 우리의 무서움을 모르기 때문이야. 뭐, 몇몇은 권왕의 제자에게 희망을 품고 있을지도 모르고. 그들이 기대하고 있는 자들을 모두 꺾어놔야 제대로 고개를 숙이겠지. 저들이 나락으로 떨어질수록 우리는 견고해질 것이다."

사내의 말을 여인은 묵묵부답으로 듣고 있었다.

'그래도 다치지 않는 수준이면 좋겠습니다.'

여인이 속으로 중얼거렸다. 하지만 그것은 입 밖으로 낼 수 없는 그녀만 아는 속마음일 뿐이었다.

*　　　　*　　　　*

서윤을 업고 한참을 달린 설시연은 지친 기색이 역력했다.

축 처진 사람을 들쳐 업고 익숙지 않은 산길을 달리는 것은 결코 쉬운 일이 아니었다.

지치고 힘들었지만 등에 업혀 있는 서윤의 호흡이 조금씩 약해질 때마다 설시연은 더욱 힘을 냈다.

그렇게 쉬지 않고 달려 한계에 부딪쳤다는 느낌을 받았을 때에야 마을을 찾을 수 있었다.

노을이 지는 시간.

마을 거리에는 사람이 많지 않았다.

하루 일과를 마치고 집으로 돌아갈 시간이기에 민가에서 흘러나오는 음식 냄새가 거리를 메우고 있었다.

설시연은 다급하게 주변을 두리번거렸다.

급한 마음 때문인지 마을이 제대로 눈에 들어오지 않았다.

"뉘슈?"

그때 허름한 노파 한 명이 설시연에게 다가와 물었다.

밭일을 마치고 돌아가는 길인지 손에는 호미와 낫이 들려 있다.

"의원을 찾고 있어요. 환자가 있어요."

"의원? 저쪽으로 가보슈. 근데 워낙 작은 의원이라 괜찮을지 모르겠네."

"감사합니다!"

짧게 인사한 설시연은 서둘러 노파가 가리킨 방향으로 달렸다.

"처자가 힘이 좋네. 젊은이를 업고 저리 빨리 뛰는 걸 보니."

노파가 대단하다는 듯 혀를 내두르다가 이내 가던 길을 갔다.

쾅! 쾅! 쾅!

"계시나요!"

설시연이 굳게 닫힌 문을 다급하게 두드렸다. 그녀의 옆에는 의식을 잃은 서윤이 담벼락에 기대어 앉아 있다.

"오늘 일 끝났수다!"

안쪽에서 걸걸한 목소리가 들려왔다. 그러자 설시연은 더욱 힘차게 문을 두드렸다.

"환자가 있습니다! 목숨이 위험해요!"

끼익!

"아, 거 어지간하면 내일 오……"

짜증 가득한 표정으로 문을 연 의원은 살기 어린 설시연의 눈빛에 입을 다물고 말았다.

그렇게 잠시 얼어 있던 의원이 슬쩍 고개를 돌리자 바닥에 앉아 있는 서윤이 눈에 들어왔다.

"히익!"

"죽은 사람이 아니니 그렇게 놀랄 것 없어요. 급한 대로 응급조치부터 좀 취해줘요. 이곳에서 완치까지는 안 해도 되니 서둘러 주세요."

"예? 예, 예."

많이 놀라 당황한 의원이 더듬으며 대답하더니 이내 안에 있는 사람들을 불러 서윤을 안으로 옮겼다.

주변을 한번 살핀 설시연도 그들을 따라 의원 안으로 들어갔다.

＊   ＊   ＊

서윤을 눕힌 의원은 바로 진맥을 시작했다.

겉으로 보기에도 서윤의 상태가 안 좋아 보였기에 심각한 표정으로 진지하게 맥을 확인했다.

"음……."

"심한가요?"

"무림인이구만. 처음에 얼마나 내상을 입었는지는 모르겠지만 이 정도 내상이면 며칠 후면 자연스레 완치되겠구만."

"예?"

의원의 말에 설시연이 말도 안 된다는 듯 되물었다.

호흡이 약하고 안색도 창백했다. 적에게 당한 뒤 계속해서 의식도 찾지 못하고 있는데 심각하지 않다니.

설시연은 눈앞에 있는 의원의 실력을 의심할 수밖에 없었다.

'동 소협이 그립구나.'

동이 있었다면 보다 정확한 진단과 제대로 된 처방을 내렸을 것이라는 생각에 그가 그리워지는 설시연이었다.

"믿고 안 믿고는 자유지만 생각보다 그리 심각한 상황은 아니오. 난 또 금방이라도 죽을 줄 알고 놀랐는데 그런 것도 아니구만."

그렇게 말한 의원이 늘어지게 하품을 했다. 그 역시도 서윤의 모습을 보고는 깜짝 놀라 긴장했으나 진맥을 해보고는 긴장이 풀어지며 피로가 몰려온 것이다.

"탕약은 지어 드리리다. 얼마나 있다가 갈지는 아가씨가 결정하시구려. 아마도 내일 아침이면 눈은 뜰 게요."

그렇게 말한 의원이 방을 나섰다.

그에 설시연은 지금의 상황을 믿을 수 없다는 듯 서윤의 얼굴을 빤히 바라보았다.

의원의 이야기를 듣고 난 후라 그런지 안색이 조금 괜찮아진 것 같기도 했다.

"후……."

그녀가 작게 한숨을 내쉬었다.

의원의 말대로 서윤은 다음 날 아침에 눈을 떴다.

흐릿한 시야는 이내 정상으로 돌아왔고, 고개를 돌려 주변을 확인하기에도 무리가 없었다.

'의원이군.'

속으로 중얼거린 서윤은 한쪽에서 운기를 하고 있는 설시연을 물끄러미 바라보았다.

그녀를 본 서윤은 놀라는 기색이 아니었다.

사실 서윤은 이곳으로 오는 동안 한 번 의식을 찾았다.

누군가의 등에 업혀 있다는 걸 알았고, 조금만 참으라고 중얼거리는 목소리에 자신을 업고 있는 사람이 설시연이라는 걸 알았다.

그러고는 다시 의식을 잃고 지금 눈을 뜬 것이다.

설시연을 바라보던 서윤은 다시 눈을 감았다. 그러고는 하단전과 중단전의 진기를 움직여 보았다.

'괜찮네. 다행이야.'

무리 없이 진기가 움직이는 것을 확인한 서윤은 안도의 한숨을 내쉬었다.

약간의 통증이 있기는 했지만 지난번에 비하면 멀쩡한 것이나 다름없었다.

'그때 어떻게 된 거였을까.'

서윤은 마지막으로 사내와 부딪친 때를 떠올렸다.

분명 진기를 모조리 끌어다가 마지막 공격에 퍼부었다고 생각했다.

그리고 반탄력을 이기지 못하고 나가떨어지는 순간, 의식을 잃기 직전에 몸 안을 휘감는 바람을 느꼈다.

어디서 나타난 진기인지 알 수 없었지만 그 진기가 아니었다면 지금 이 정도로 회복되지 못했을지도 몰랐다.

'누이한테 미안하네.'

서윤은 다시 설시연을 바라보았다. 운기하고 있는 그녀를 보며 고마움과 미안함을 동시에 느끼는 서윤이다.

'한숨 자야겠다.'

서윤은 다시 눈을 감고 잠에 빠져들었다.

서윤이 잠들고 얼마 후, 설시연이 눈을 떴다. 눈을 뜨자마자 서윤부터 확인한 그녀는 아직 눈을 감고 있는 그를 보며 작게 한숨을 내쉬었다.

'오늘 아침이면 눈을 뜰 거라고 하더니.'

서윤이 눈을 떴다가 다시 잠든 사실을 모르는 설시연은 아쉬워했다.

설시연은 서윤의 옆으로 다가가 앉았다. 그러고는 나직이 중얼거렸다.

"매번 싸울 때마다 이렇게 쓰러지면 어떡해요? 이래서야 제대로 복수를 할 수 있겠어요?"

"강해져야죠."

"어머!"

서윤의 대답에 설시연이 깜짝 놀랐다. 그러자 서윤이 눈을 뜨며 몸을 일으켰다.

"언제 깼어요?"

"아까 깼습니다. 운기하고 있길래 다시 잠이나 자볼까 하고……."

"몸은 괜찮아요?"

"예, 멀쩡하네요. 조금 불편한 거 빼고는."

"다행이에요."

설시연의 대답에 서윤이 물었다.

"어떻게 된 겁니까?"

"어떻게 되긴요, 쓰러진 걸 여기까지 업고 왔죠."

"그게 아니고요. 삐쳐서 안 볼 사람처럼 그러더니 뒤따라 왔잖아요."

"아, 그냥 걱정돼서……."

설시연이 작은 목소리로 대답했다. 그 모습에 서윤이 미소를 지어 보였다.

"형님께서 보내주셨습니까?"

"아뇨. 몰래 나왔어요."

"예?"

설시연의 대답에 서윤이 화들짝 놀랐다. 설궁도를 비롯해 다른 일행이 얼마나 걱정하고 있겠는가.

"누이가 어린애도 아니고 그러면 어떡합니까? 형님이 얼마나 걱정하시겠어요? 돌아가십시오!"

서윤의 단호한 말에 설시연이 고개를 저었다.

"애기 안 하고 빠져나왔으니 걱정은 하겠죠. 하지만 큰 걱정은 안 할 거예요. 어디로 갔는지도 알 테고."

안 가겠다는 듯 말하는 설시연을 보며 서윤이 한숨을 내쉬었다.

"그리고 이번에도 만약 저 아니었으면 어떻게 됐을지 모를 일이라고요. 안 그래요?"

틀린 말은 아니었지만 그렇다고 해서 그것이 그녀가 한 행동의 정당한 이유가 될 수는 없었다.

"그건 맞습니다. 고맙기도 하고요. 하지만 그렇다고 해서 누이가 한 행동이 옳은 일은 아닙니다."

"그래서 어떻게 하라고요? 이미 멀어진 일행 쫓아서 혼자 가라고요?"

설시연이 뾰로통한 표정으로 물었다.

"후……."

그녀 말대로 지금에 와서 홀로 돌려보내기엔 걱정이 컸다.

"하는 수 없죠. 합산에 들렀다가 다시 일행에 합류할 때까지 같이 움직일 수밖에."

"결국 그렇게 결론 내릴 거면서. 그거 알아요? 동생도 은근히 잔소리 심하다는 거."

그녀의 말에 황당하다는 표정을 짓고 있던 서윤은 이내 피식 웃을 수밖에 없었다.

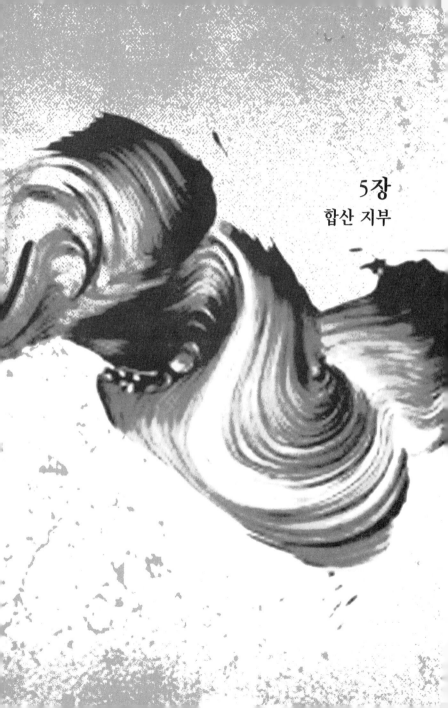

5장
합산 지부

風神徐闇

풍신서윤

　설시연의 예상대로 설궁도와 의협대 일행은 사라진 그녀가 서윤에게 갔을 것으로 생각하고 예정대로 상행을 이어나갔다.

　걱정이 안 되는 것은 아니었으나 별일 없이 서윤과 만났다면 큰 위험은 없을 것이라 생각했다.

　누가 뭐래도 두 사람은 무림이왕의 제자이기 때문이다.

　하지만 의협대원들은 조금 아쉬워했다.

　서윤 혼자 다른 임무로 떠난 것도 그러한데 남자들만 우글거리는 상행에 설시연은 한 떨기 꽃과 같은 존재였기 때문이다.

물론 대부분의 시간을 설궁도나 서윤과 보내기는 했지만 멀리서나마 화사한 그녀의 얼굴을 보는 것만으로도 피로가 달아나는 것 같은 기분이 들었다.

그런 그녀가 사라졌으니 의협대원 중에는 내심 실망하는 사람이 꽤 많았다.

어쨌든 대륙상단의 상행은 재개되었다.

서윤과 설시연은 정신을 차린 그날 저녁 의원을 떠났다.

움직이는 데 불편함이 없는 만큼 서둘러 합산에 도착해야 하기 때문이다.

홀로 움직일 때보다 속도가 조금 떨어지긴 했으나 설시연도 제법 서윤의 속도에 맞춰 잘 따라붙었다.

그 덕에 의원에서 출발한 지 하루 하고도 반나절 만에 합산에 도착할 수 있었다.

합산은 큰 도시는 아니었지만 남녕과 멀지 않고 광주성의 중앙에 위치한 곳이라 충분히 중요한 역할을 할 수 있는 곳이었다.

그 때문에 무림맹 지부 역시 다른 지역의 지부보다 조금 더 규모가 컸다.

이곳까지 오면서 합산 지부 역시 해를 입었으면 어떻게 하나 걱정한 서윤은 멀쩡한 정문과 그 앞을 아무렇지도 않게 지나다니는 사람들, 그리고 무표정한 얼굴로 정문 앞을 지키고 있는 무림맹의 무사들을 보고 안도의 한숨을 내쉬었다.

"멀쩡하네요."

설시연의 말에 서윤이 고개를 끄덕였다. 그러고는 조심스레 지부 정문을 향해 다가갔다.

"누구냐?"

"의협대 제삼조 조원 서윤입니다."

"의협대?"

"예."

"귀주성에 있는?"

"맞습니다."

"의협대라면 대륙상단과 함께 상행을 떠났다고 들었는데 어찌 두 사람만 따로 떨어져 나왔지?"

"무림맹 본 단에 전해야 할 보고가 있습니다."

"보고가 있다? 그전에 그대가 의협대라는 걸 어떻게 믿지?"

"무슨 말도 안 되는……!"

문 앞을 지키는 무림맹 무사들의 말에 서윤은 적지 않게 당황했다. 설마하니 자신의 신분을 의심하리라고는 생각지 못했던 까닭이다.

하지만 반대로 생각해 보면 지금처럼 어수선한 시기에 의협대의 옷을 입고 있다 해서 곧이곧대로 믿는 것도 있을 수 없는 일이다.

"전 대륙상단의 설시연이에요. 이분 신분은 제가 보증하죠."

"소저도 마찬가지요. 말로만 할 것이 아니라 신분을 증명할 수 있는 무언가를 보이시오."

무사의 말에 설시연이 작게 한숨을 쉬더니 손에 들고 있는 검을 앞으로 내밀었다.

"제 할아버지가 누군지 알 거예요. 그리고 이 검이 할아버지께서 제게 물려주신 검 백아예요."

설시연의 말에 무사가 검을 자세히 살폈다.

확실히 손잡이 부근에 백아라는 글자가 선명하게 새겨져 있다.

"맞군요. 신분, 증명되었습니다. 들어가서도 됩니다. 무례를 용서하십시오. 워낙 어수선한 시기라……."

"충분히 이해합니다. 죄송하지만 바로 지부장님께 안내해 주시겠어요? 급한 용건입니다."

"알겠습니다. 안으로 들어가시면 안내할 사람이 있을 겁니다."

무사의 말에 서윤이 먼저 서둘렀다.

서윤이 앞서가고 그 뒤를 따르던 설시연이 문지기 무사 옆에 서더니 작은 목소리로 말했다.

"저 사람에게는 또 다른 신분이 있어요. 뭔지 아세요?"

그녀의 물음에 문지기 무사가 모르겠다는 표정을 짓자 설시연이 나직이 말했다.

"서윤, 권왕 신도장천의 하나뿐인 손자예요."

그렇게 말한 설시연이 그를 지나쳐 서윤의 뒤를 좇았다.

비록 서윤이 자신의 입으로 신분을 밝히지는 않았다지만 그의 정체는 공공연한 비밀이 되어 있었다.

짐작을 통해서, 그리고 대륙상단 사람들을 통해 슬쩍 알아낸 조원들도 있었다.

어쨌든 서윤 스스로가 정체를 밝히지 않은 상태에서 설시연이 그의 정체를 흘린 데에는 이유가 있었다. 어떤 식으로든 앞으로 이런 일들이 자주 생길 텐데 언제까지고 자신이 신분을 보증할 수는 없는 노릇이었다.

그렇다면 의협대에 권왕의 제자가 있고 그가 서윤이라는 것을 퍼뜨려 무림맹 사람들이라도 알고 있게 해야 불편함을 최소화 할 수 있다는 생각이었다.

졸지에 검왕의 손녀와 권왕의 제자 앞을 막아선 문지기 무사는 그 어느 때보다 놀란 표정을 짓고 있었다.

합산 지부장은 갑자기 들이닥친 서윤과 설시연을 보며 당혹스러움을 감추지 못했다.

대륙상단의 상행에 있어야 할 두 사람이기 때문이다.

"그래, 상행에 동행하고 있어야 할 두 사람이 무슨 일인지……."

"보고 드릴 것이 있어서 따로 떨어져 나왔습니다. 저희 조장도 알고 있는 사실입니다."

"그래, 보고할 것이 뭔가?"

서윤은 합산 지부장의 반응에서 역시나 도안 지부의 일을 모르고 있다는 것을 알았다.

"도안 지부의 소식을 못 들으셨군요."

"도안 지부의 소식? 도안 지부가 왜? 아무것도 듣지 못했다네."

지부장의 말에 서윤이 그럴 줄 알았다는 듯 고개를 끄덕이더니 입을 열었다.

"도안 지부가 화를 당했습니다."

"그게 무슨 말인가? 화를 당하다니?"

지부장이 놀라며 물었다.

"말 그대로 화를 입었습니다. 본 단에 전할 이야기가 있어 도안 지부에 들렀는데 건물이 불타고 있었습니다."

"그런 일이! 도대체 누가⋯⋯?"

"알 수 없습니다. 다만 불타는 담벼락에 폭(爆)이라는 글자가 적혀 있었습니다."

"폭이라⋯⋯."

지부장이 인상을 찌푸렸다. 표식인 것은 알겠으나 무엇을 뜻하는지는 알 수 없었다. 당장 떠오르는 곳이 없었다.

"좋네. 그럼 도안 지부에서 무림맹에 전달하려던 것은 무엇인가?"

"상행 중 귀왕채의 채주 탁곤과의 싸움이 있었습니다. 그런데 그 탁곤과 예전에 상대해 본 마영방주의 무공이 같았습니다. 그것을 무림맹 본 단에 알리려 했습니다."

"두 사람의 무공이 같았다? 그럴 리가?"

지부장 역시 의아하다는 듯이 인상을 찌푸렸다.

"혹시 마령인이라는 무공을 아십니까?"

"마령인?!"

서윤의 입에서 마령인이라는 말이 나오자 지부장이 눈을 크게 떴다.

"마령인은 쌍귀 중 소귀의 독문무공이네. 마도 쪽에서도 어느 한곳에 정착하지 않고 둘만 돌아다니며 악행을 일삼던 자들이지. 그들이 모습을 감춘 지 십 년이 넘었는데… 마령인은 어디서 들었는가?"

지부장의 물음에 서윤이 덤덤하게 대답했다.

"소귀를 만났습니다."

"소귀를 만났다고?"

지부장이 더욱 놀란 표정을 지었다.

소귀는 고수다. 물론 실력보다는 악행으로 더욱 이름을 날린 자들이긴 하지만 그래도 대부분이 후기지수인 의협대의 대원이 상대하기에는 무리가 있었다.

'후기지수 중에 이런 자가 있었던가? 서윤. 들어보지 못한 이름인데.'

아무리 머릿속을 뒤져 보아도 후기지수 중 서윤이라는 이름은 떠오르지 않았다.

"이름이 서윤이라고 했던가?"

"예."

"소귀와의 싸움은 어떻게 됐지? 아니, 이렇게 살아서 앞에 앉아 있는 걸 보니 이겼겠지."

지부장의 물음에 서윤이 고개를 저었다.

"이기지는 못했습니다. 여기 있는 누이가 아니었다면 죽었을지도 모릅니다. 좋게 보면 동수였고 냉정히 말하면 반 수에서 한 수 정도 뒤졌습니다."

"그게 어딘가. 소귀의 이름이 실력보다는 악행으로 더 유명하다고는 하지만 의협대 대원으로서는 동수도 어려울 수 있는 실력이네."

지부장이 솔직하게 대답했다.

"강하긴 하더군요."

"허허, 이것 참."

덤덤하게 대답하는 서윤을 보며 지부장이 허탈하게 웃었다.

"어쨌든 다급한 사안이니 바로 본 단에 보고하도록 하겠네. 일도 있었고 먼 길 오느라 힘들었을 테니 오늘은 여기서 하루 쉬었다가 가게."

"알겠습니다."

소귀를 만나 위험한 순간도 있었으나 어쨌든 합산에 도착해 목적을 달성했다는 생각에 조금은 마음이 편해진 서윤이었다.

그렇게 서윤과 설시연은 우여곡절 끝에 합산에서의 임무를 완수했다.

다음 날 아침, 일찍부터 서윤과 설시연은 떠날 채비를 했다. 전날 저녁 지부장으로부터 본 단에 전서구를 띄웠다는 이야기를 들은 터라 제법 마음이 홀가분했다.

간단히 채비를 마친 두 사람은 다시 상행에 합류하기 위해 합산 지부를 나섰다.

"일찍 떠나는군."

"예. 얼른 합류해야지요. 본 단에서 어떤 조치가 취해지기 전까지는 아직 안심할 수 없으니까요."

서윤의 말에 지부장이 고개를 끄덕였다. 그러면서 미안해하는 표정을 지으며 말을 이었다.

"미안하네. 우리 지부에서 당장 뭔가 해줄 수 있는 게 없어서……."

"아닙니다. 그보다 도안 지부와 관련된 일에 더욱 신경 써주십시오. 누가 그랬는지, 그리고 합산 지부 역시 같은 일을 당할지 모르니 그 부분도 조심하십시오."

서윤의 말에 지부장이 미소와 함께 자신감 있는 어조로 말했다.

"자네 말대로 조심하지. 하지만 우리 합산 지부는 도안 지부와는 규모부터 다르다네. 저들도 쉽게 달려들긴 어려울 게야."

자신감과 자부심이 가득 담겨 있는 말이다.

하지만 서윤은 오히려 그의 이야기를 듣고 나자 더욱 불안해졌다.

자신감이 없는 것보다는 있는 것이 낫겠지만 지금 지부장의 말에서는 위기의식 같은 것을 느낄 수가 없었다.

하지만 그렇다고 해서 대놓고 그런 것을 지적할 만한 위치도 아니기에 서윤은 고개만 끄덕일 수밖에 없었다.

"알겠습니다. 저희는 이만 가보겠습니다."

"조심해서 가게. 미리 준비해 놓은 말이 있으니 타고 가게나. 그래야 조금이라도 빨리 합류할 수 있을 터이니."

"감사합니다."

말을 준비해 놓았다는 지부장의 말에 서윤의 표정이 살짝 굳었다. 아직은 말을 타는 것에 익숙지 않은 까닭이다.

결국 서윤은 어색한 표정으로 말에 올라 설시연과 함께 길을 떠났다.

서윤과 설시연은 광서성의 성도인 남녕으로 방향을 잡았다.

최종 목적지인 광동성으로 가기 위해서는 남녕을 거쳐 갈 것이라는 생각 때문이다.

비록 소귀를 만나고 의원에 들르느라 시간을 지체하기는 했지만 합산까지 빠르게 이동하기도 했고 여럿보다는 둘이 더 속도를 높일 수 있다는 생각이다.

서윤과 설시연은 관도를 이용해 움직였다.

또다시 어떤 적이 나타날지 모르는 상황에서 인적이 드문 길보다는 사람이 많이 다니는 관도가 더 안전할 가능성이 높았다.

합산을 떠나 첫 번째 마을에 도착한 것은 노을이 질 무렵이었다.

"저기 보이네요. 다행히 노숙은 면하겠어요."

멀리 보이는 마을의 모습에 설시연이 굉장히 반가워했다. 여자의 몸으로 노숙은 결코 익숙해질 수 없는 일이기에 속으로 노숙만은 면하길 간절히 바라고 있던 그녀이다.

"잠깐. 뭔가 이상합니다."

서윤이 안력을 돋우며 마을 쪽을 바라보았다. 그리고 곧 마을을 덮고 있는 붉은 빛이 노을이 아닌 불길이라는 것을 알아차렸다.

"불입니다. 마을이 습격당한 모양이에요."

그렇게 말한 서윤이 말을 박차 앞으로 달려 나갔다. 놀란 설시연 역시 그 뒤를 바짝 쫓아 달렸다.

조금 더 가까워지자 설시연의 눈에도 확실하게 치솟는 불길이 보였다.

"도대체 누가……."

설시연이 이제는 확연하게 보이는 불길을 보며 말했다.

마을 입구에 다다른 두 사람은 말에서 내려 마을로 들어섰

다. 곳곳이 불타고 있고 불길이 거센 것으로 보아 얼마 되지
않은 듯했다.

화끈한 열기와 뿌연 연기 사이를 뚫고 들어간 두 사람은
일단의 무리를 발견했다.

검은 복면을 쓰고 횃불을 들고 있는 자들.

한눈에 봐도 그들이 마을을 약탈하고 불을 질렀다는 것을
알 수 있었다.

팟!

설시연이 잡을 새도 없이 서윤이 땅을 박차고 튀어나갔다.

갑작스럽게 서윤이 쇄도하자 불을 지르던 자들이 일제히
서윤 쪽을 보며 검을 뽑아 들었다.

"개자식들아!"

서윤이 욕을 내뱉으며 주먹을 휘둘렀다.

퍼억―!

기습적으로 빠르게 접근한 데다 그 위력이 너무 강한 탓에
가장 가까운 데에 있던 자가 제대로 방어도 하지 못하고 그대
로 나가떨어졌다.

한 명을 쓰러뜨리고 멈춰 선 서윤이 살기 어린 시선으로 낯
선 무리를 노려보았다.

주변에 치솟고 있는 불길이 서윤의 눈에 비쳐 눈 안에서 불
길이 일렁이는 듯한 착각을 불러일으켰다.

"너희들이 한 일이냐?"

서윤이 분노를 억지로 삼키며 물었다. 하지만 그들 중 한 사람의 입에서 질문에 대한 대답 대신 다른 말이 흘러나왔다.

"일조가 제압하고 뒤따라온다. 나머지는 곧장 합산으로. 갈 길이 멀다."

그와 동시에 그들 중 일부가 그 자리에서 사라졌다. 서윤의 눈동자가 흔들렸다.

합산. 자신이 있다 온 곳이 아닌가.

그리고 그 순간, 서윤의 눈에 그들의 무복 자락에 적힌 '폭'이라는 글자가 들어왔다.

'이놈들이다.'

"너희들, 죽을 각오나 해라."

서윤이 분노를 폭발시켰다. 그러자 건물을 태우고 있던 불길이 마치 폭발이라도 일어난 것처럼 거세게 치솟았다.

"악!"

빠르게 마을을 둘러보고 서윤에게 다가오던 설시연은 갑자기 사방에서 치솟는 불길에 비명을 지르며 멈춰 섰다.

그녀는 앞을 가로막은 불길에 서윤의 모습을 제대로 볼 수도 없고 가까이 다가갈 수도 없었다.

그사이 서윤은 눈앞의 적들을 향해 빠르게 다가갔다.

지금까지 한 번도 보지 못한 차가운 살기가 어린 눈빛이다.

서윤의 기세를 읽었음일까.

적들 역시 일정한 진형을 짜고 합공을 하기 시작했다.

쐐에에엑!

검이 만들어내는 날카로운 파공음이 서윤의 전신을 노리고 날아들었다.

신체 요혈을 노린 일격.

피해내기에는 무리가 있었다.

하지만 그 순간, 서윤의 속도가 더욱 빨라졌다.

공간을 뛰어넘는 듯한 속도.

어느덧 맨 앞에서 공격을 가하는 적의 코앞에 서윤의 주먹이 다가와 있다.

퍼억—!

엄청난 충격음.

서윤의 주먹에 맞은 적은 비명도 지르지 못한 채 허공에서 두 바퀴 회전하고는 그대로 바닥에 떨어졌다.

그의 생사도 확인하지 않고 다시금 방향을 튼 서윤은 적들의 진형 한가운데로 머뭇거림 없이 뛰어들었다.

화악!

서윤이 풍압을 이용해 다가서는 적들 사이의 틈을 벌림과 동시에 주먹을 뻗었다.

그 어느 때보다 강맹한 기운을 머금은 주먹이 풍절비룡권의 절초들을 자비 없이 펼쳐 냈다.

픽! 퍼억! 픽! 픽!

적들은 제대로 방어도 하지 못했다.

그렇다고 제대로 된 공격을 하지도 못했다.

적들이 짠 진형은 서윤을 조금도 압박하지 못했고, 그 사이에서 서윤은 절초들을 펼쳐 내며 적들을 쓰러뜨렸다.

마영방주를 상대할 때에도, 탁곤을 상대할 때에도 이런 모습은 보이지 않았다.

그 어느 때보다 강한 분노가 서윤의 이성을 지배하기 시작했고, 그 힘을 바탕으로 서윤은 압도적인 모습을 보이고 있었다.

살심.

지금까지 서윤은 싸움을 하면서 한 번도 살심을 품은 적이 없었다. 하지만 지금 이 순간만큼은 눈앞의 적들을 죽이고자 하는 마음이 강했다.

서윤이 이렇게까지 분노하는 데에는 이유가 있었다.

어린 시절 아버지와 함께 본 마을의 모습.

약탈을 당하고, 사람들이 죽어 나갔으며, 아녀자는 겁간을 당한 그날의 광경.

불타오르던 마을의 모습은 어린 서윤에게 엄청난 충격이었으며, 그때의 기억은 아직까지도 뇌리에 강하게 남아 있었다.

직접적인 연관은 없었지만 그 일 이후로 부모님까지 잃지 않았는가.

지금까지 무의식적으로 억누르고 있던 복수심과 살심이 비슷한 상황에 처한 이 마을의 모습을 보자 밖으로 터져 나온 것이다.

순식간에 서윤의 손에 여섯 명의 적이 쓰러졌다.

모두 즉사.

마음먹고 사람을 죽였음에도 서윤은 조금도 동요하지 않았다.

이는 중단전의 효능이기도 했지만 적들을 향한 살심이 줄어들지 않고 있기 때문이기도 했다.

서윤의 살심에 반응해 풍령신공의 진기 역시 노기를 띤 채 서윤의 행동 하나하나에 힘을 불어넣어 주고 있었다.

짧은 시간에 동료를 잃은 적들의 살기 역시 짙어졌다.

서윤이 만만한 상대가 아니라는 것을 확실히 알게 된 그들도 작심하고 공격했다.

철저히 공격과 방어를 동시에 펼쳐 냈다.

인원이 줄었지만 그것에 영향을 전혀 받지 않는 듯했다.

쩌엉!

서윤의 공격에 적 한 명의 검이 강하게 튕겨 나갔다.

하지만 처음으로 서윤의 공격을 막아낸 한 수였다.

방어에 성공하고 생긴 틈을 다른 검이 파고들었다.

날카롭게 뻗어오는 검.

그러나 서윤의 눈동자는 흔들림이 없었다.

서윤의 주먹이 공격해 들어오는 검을 향해 뻗어나갔다.

콰앙—!

방금 전보다 더욱 강한 일격. 폭음이 터지며 주변으로 강한 기파가 퍼져 나갔다.

쩌저저적! 쩡!

그 여파로 상대의 검이 산산조각 나며 주변으로 쏟아져 나갔다. 그 속도가 너무 빨라 몇몇의 적이 파편에 맞고 쓰러졌다.

그것은 서윤도 마찬가지였다.

제아무리 세상에서 가장 빠른 보법인 쾌풍보를 익혔다 하더라도 지근거리에서 쏟아지는 파편을 피해낼 재간은 없었다.

결국 파편 몇 개가 옆구리와 팔, 그리고 허벅지 쪽을 스치고 지나갔다.

박히지 않은 것이 천만다행이라 할 수 있었다.

비록 스친 상처라지만 파편의 위력이 상당했기에 제법 깊게 베였다. 하지만 서윤은 눈 하나 깜짝하지 않았다.

쉬지 않고 주변으로 초식을 쏟아냈고, 그 위력에 땅이 파이고 적의 시체가 사방으로 흩어졌다.

그렇게 반 시진.

서윤의 주변에는 적들의 시체만 있을 뿐 살아 서 있는 이는 없었다.

"헉헉!"

서윤이 거칠게 호흡하며 주변을 둘러보았다.

자신이 죽인 적의 시체와 마을 사람들의 시체, 그리고 불타 무너진 건물의 잔해가 어지럽게 뒤섞여 있다.

"으아아아아!"

서윤이 하늘을 향해 소리를 질렀다.

어쩔 수 없는 일이었으나 막지 못한 것에 대한 왠지 모를 미안함과 이런 짓을 벌인 적들에 대한 분노가 뒤섞여 있는 울부짖음이었다.

"그만! 그만해요!"

불길이 잠잠해지자 서윤에게 다가온 설시연이 그를 뒤에서 끌어안으며 소리쳤다.

지금까지 한 번도 본 적 없는 서윤의 모습.

그 모습이 굉장히 불안정해 보였기 때문이다.

직접 본 적은 없으나 이런 경우 심마(心魔)에 빠져 위험한 상황에 처할 수도 있다는 이야기를 들은 적이 있는 설시연은 혹여나 서윤이 그렇게 되지 않을까 걱정되었다.

"하… 하……."

설시연의 제지 덕분일까. 서윤이 점차 안정을 찾아가기 시작했다. 그리고 잠시 후, 서윤이 자신의 허리를 감싸고 있는 그녀의 손을 풀며 돌아섰다.

"고맙습니다."

서윤의 목소리는 평상시와 같이 돌아와 있었다. 하지만 표정은 아직도 차갑기 그지없었다.

"괜찮아요?"

"괜찮습니다. 그보다 서둘러 합산으로 가야 합니다."

서윤의 말에 설시연이 무슨 소리냐는 듯 그를 바라보았다.

"저와 싸운 자들은 일부에 불과합니다. 나머지는 합산으로 떠났습니다."

"설마……?"

설시연의 말에 서윤이 고개를 끄덕였다. 합산으로 향한다면 필시 합산 지부를 공격하려는 것이리라.

"누이는 곧장 상행에 합류하십시오. 전 바로 합산으로 가겠습니다."

"같이 가요."

"아니요. 몰랐다면 모르되 알았으니 돕지 않고 상행을 쫓을 수는 없습니다. 그러니……."

서윤의 말이 끝나기가 무섭게 설시연이 고개를 저었다.

"아니, 그런 말이 아니에요. 저도 합산으로 가겠다고요."

"안 됩니다. 여기까지 함께 온 것만으로도 충분히 상행에 차질을 준 겁니다. 아마 형님도 남녕에서 합류할 걸 예상하고 있겠죠. 가서 이곳의 소식을 전해주세요. 합산의 일이 끝나는 대로 뒤쫓아 가겠습니다."

"위험해요. 함께 움직여요."

설시연이 고집을 부렸다. 하지만 이번에는 서윤도 주장을 굽히지 않았다.

"가는 길에 별일 없을 겁니다. 오히려 합산에 도착해서 적들을 맞이한다면 그곳의 병력도 있으니 덜 위험할 거고요."

단호한 서윤의 말에 설시연은 고집을 부리지 못했다. 결국 고개를 끄덕였다.

"알겠어요. 가기 전에 간단히 상처라도 치료하고 가요."

그렇게 말하며 설시연이 옷자락을 찢더니 팔과 다리 부분의 상처에 감아주었다.

그것을 가만히 보고 있던 서윤이 말했다.

"고맙습니다."

"고마우면 다치지 말고 무사히 돌아오기나 해요. 옆구리는 어떻게 할 수 없네요. 일단 점혈로 지혈이라도 하고 가요. 이럴 줄 알았으면 금창약이라도 좀 챙겨 오는 건데."

그녀가 후회된다는 표정으로 말하자 서윤이 미소를 지었다. 그러고는 그녀에게 다가서서 가만히 안아주었다.

갑작스런 서윤의 포옹에 놀란 설시연은 눈을 동그랗게 뜬 채 아무 말도 하지 못했다. 그러더니 곧 얼굴에 홍조가 피어올랐다.

"고맙습니다. 그리고 조심해서 가요."

"그, 그래요. 조심해서 다녀와요."

서윤이 그녀를 품에서 떼어놓자 설시연은 고개를 숙인 채 얼른 말에 올랐다. 그러고는 말을 몰아 남녕으로 향했다.

그녀가 멀어지는 것을 잠시 바라보던 서윤은 자신이 타고 온 말을 어루만지며 말했다.

"아무래도 너하고는 여기서 작별해야겠구나. 넌 네 갈길 가거라."

찰싹!

서윤이 엉덩이를 때리자 놀란 말이 설시연이 향한 방향과 같은 쪽으로 빠르게 달려갔다.

그리고 서윤은 그 반대 방향인 합산을 향해 빠른 속도로 쏘아져 나갔다.

말을 타고 달리는 것보다 빨랐다.

관도였고 어둠이 깔리기 시작한 시각이라 인적도 드물어 서윤은 거침없이 나아갔다.

두 시진은 충분히 단축시킬 수 있는 속도로 달리고 있음에도 앞서간 적들의 모습은 보이지 않았다.

'시간을 너무 지체했나.'

서윤은 달리면서도 초조했다.

도착해 적들과 싸우기 위해서는 내력을 아껴야 하는 상황. 지금으로서는 속도를 더 높일 수도 없었다.

'젠장!'

서윤은 초조한 마음으로 합산을 향해 달려가는 것 외에는 할 수 있는 일이 없었다.

그렇게 한 시진을 더 달렸다.

합산이 가까워지고 있음에도 적의 모습은 보이지 않았다.

완전히 어둠이 내려앉은 상황. 그제야 서윤은 속도를 더욱 높였다.

합산 지척에 다다랐음에도 적의 모습이나 기척을 느끼지

못했다면 이미 싸움이 시작되었거나 이미 늦었을지도 모른다.

합산 시내로 들어선 서윤은 곧장 합산 지부로 향했다.

'아직인가?'

다행히 지부가 공격을 받은 것 같지는 않았다. 문지기 무사들은 여전히 문 앞을 굳건히 지키고 있고 지부 안쪽에서도 별다른 살기나 이상한 기운을 느낄 수 없었다.

서윤이 다가오자 문지기 무사들이 허리춤에 묶여 있는 검으로 손을 가져갔다. 하지만 조금 더 밝은 쪽으로 다가오는 서윤의 얼굴을 확인한 후에는 검에서 손을 뗐다.

"아니, 오전에 떠난 의협대원 아닌가?"

"맞습니다. 지부에는 별일 없습니까?"

"보다시피 아무 일도 없다네. 상행에 합류했어야 할 자네가 여기는 웬일이지?"

무사의 물음에 서윤이 주변을 살피며 다급한 목소리로 말했다.

"적들이 합산으로 오고 있습니다. 아니, 합산 어딘가에 도착해 있을 겁니다. 도안 지부처럼 이곳을 공격할 겁니다."

"뭐?"

서윤의 말에 문지기 무사들이 놀란 표정을 지었다.

너무 갑작스러운 말이었기에 반신반의했지만 사실이라면 얼른 안에 보고하고 대비해야 했다.

"얼른 안으로 들어가게. 지부장님은 아직 안 주무실 것이네."

"알겠습니다."

문지기 무사의 말에 서윤은 얼른 안으로 뛰어들어 갔다. 그러자 문지기 무사들도 긴장한 표정으로 주변을 더욱 경계하기 시작했다.

그때였다.

"꺄아아아악!"

고요한 밤의 정적을 깨는 비명 소리가 들려왔다. 지부에서 멀리 떨어지지 않은 곳에서 들려온 소리였다.

비명 소리가 들리기가 무섭게 문지기 무사 한 명이 안으로 뛰어들어 갔다.

그리고 얼마 지나지 않아 일단의 무리가 지부 밖으로 뛰쳐나왔다.

합산의 치안을 담당하는 부대 중 일부였다.

그들이 우르르 빠져나가자 이번에는 또 다른 쪽에서 비명이 터져 나왔다. 이번에는 불길까지 함께였다.

그러자 남은 문지기 무사까지도 지부 안으로 뛰어들어 갔고, 얼마 지나지 않아 또 다른 무리가 달려 나왔다.

지부장을 만나기 위해 다급하게 발걸음을 옮기던 서윤은 갑작스레 부산스러워진 분위기에 심상치 않은 일이 벌어졌다는 것을 느낄 수 있었다.

"아니, 자네?"

때마침 밖의 소란을 듣고 나온 지부장이 서윤을 보고 놀란 듯 물었다.

"무슨 일이 생겼습니까?"

"근방에 무슨 일이 생긴 듯하네. 그런데 자네는 왜 여기 있는가? 상행에 합류하기 위해 떠났던 사람이."

지부장의 물음에 서윤이 마을에서 있었던 일을 털어놓았다.

"그들이군. 도안 지부를 그렇게 만든 놈들이."

"그런 것 같습니다."

"밖의 소란도 그들 짓이겠군."

"아마 그럴 겁니다. 이곳까지도 곧 들이닥칠 겁니다."

"빌어먹을 놈들! 당당하게 덤비지 못하고 무고한 사람들을 건드리다니!"

지부장이 화난 듯 중얼거렸다. 그러고는 곧장 곁에 있는 수하에게 명령을 내렸다.

"지금 즉시 지부의 모든 병력을 준비시켜라! 적을 맞을 준비를 하라!"

"알겠습니다!"

지부장의 명령을 받은 수하가 그 자리에서 사라졌다.

"자네는 어떻게 할 셈인가?"

"이렇게 된 이상 싸워야 하지 않겠습니까?"

"좋군. 자네 실력이라면 충분히 도움이 될 게야. 하지만 너무 무리는 말게."

서윤이 떠난 뒤 그가 권왕의 제자라는 이야기를 들어 알고 있던 지부장으로서는 서윤의 존재가 든든하게만 느껴졌다. 지부장의 말이 끝나기가 무섭게 자리를 떠난 수하가 다시 돌아왔다.

"전달했습니다. 곧 다들 준비를 마치고 집결할 겁니다."

"아니다. 집결할 것 없이 준비가 끝나는 대로 지부 밖으로 나가 적들을 상대하라 이르라. 지부에는 최소한의 병력만 남는다."

"괜찮겠습니까?"

지부장의 말을 듣고 있던 서윤이 조심스럽게 물었다.

"괜찮네. 저들은 오늘 살아서 돌아가지 못할 것이야."

'불길하다.'

지부장의 말을 들으면서 서윤은 든든함보다는 불안감을 느꼈다. 뭔가 잘못되고 있다는 느낌.

'뭘까, 이 불길함은.'

그렇게 약간의 시간이 지나고 준비를 마친 부대가 하나둘씩 지부를 나섰다.

제법 많은 인원이 빠져나가고 나자 소란스럽던 분위기가 한층 가라앉았다.

"나머지는 혹시 모를 상황에 대비해 지부 안팎의 경계를 강화하도록!"

"예!"

지부장의 명령에 전투 준비를 마친 채 대기하고 있던 무사들이 크게 소리쳐 대답했다.

명령을 마친 지부장은 자신의 검을 가지러 안으로 들어갔다. 불안한 눈빛으로 지부 안을 살피던 서윤은 품에서 이름이 새겨진 장갑을 꺼냈다.

싸울 준비를 하는 것이기도 했지만 불안한 마음을 다잡기 위한 행동이다.

'그래, 와라. 난 도저히 너희들을 용서할 수 없다.'

서윤은 직전 마을에서 있던 일을 떠올렸다.

불길에 쓰러져 가는 건물들과 곳곳에 널브러진 마을 사람들의 시체.

그 모습이 어릴 적 본 마을의 모습과 겹쳐 보였다.

그렇게나 막고 싶던 모습.

그리고 그것을 또다시 보게끔 만든 자들.

결코 용서할 수 없었다.

'와라!'

서윤의 눈이 차갑게 빛나고 있었다.

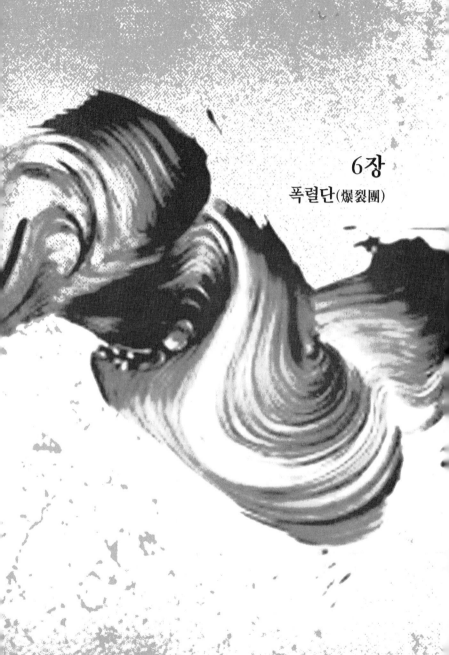

6장
폭렬단(爆裂團)

風神徐潤

풍신서윤

고요했다.

비명을 듣고 대원들이 서둘러 지부 밖으로 나갔건만 그 어떤 소란스러움도 없이 고요했다.

이따금 불을 끄기 위해 소리치는 사람들의 목소리만 멀리서 들려올 뿐이다.

지부 안에 남아 있는 무사들은 모든 신경을 곤두세운 채지부 정문은 물론이고 사방을 경계하고 있었다.

서윤 역시 대원들 사이에 섞여 주변을 경계했다.

그리고 지부장 역시 몸을 숨기지 않고 꼿꼿하게 허리를 편채 언제든지 출수할 수 있도록 오른손을 허리춤에 가져다 놓고 있었다.

시간이 조금씩 흐를수록 긴장감은 더욱 고조되었다. 서윤 역시 처음보다 확실히 긴장한 표정을 짓고 있었다.

'대체 밖은 어떻게 된 거지?'

그런 궁금증이 이는 그 순간, 서윤이 놀라며 고개를 돌렸다.

'왔다! 벌써 지척이야!'

"적이 옵니다!"

서윤이 소리쳤다. 그리고 그 순간 검은 무복을 입은 다수의 적이 지부의 담을 넘어 날아들었다.

"쳐라!"

"이놈들! 감히 무림맹 지부를 공격하다니! 한 놈도 살려 보내지 마라!"

비록 담장을 넘기 직전까지 그들이 가까이 왔다는 것도 몰랐지만 그나마 서윤이 조금이라도 빨리 알아차리고 소리쳤기 때문에 대응이 늦지는 않았다.

그러나 대응이 늦지 않았다고 끝은 아니었다.

담장 바로 앞까지 기척을 들키지 않고 다가올 수 있는 은밀함. 살수가 아니라면 적 개개인의 실력이 상당하다는 뜻이다.

역시나 담장을 넘은 적들은 숫자가 더 많은 합산 지부 무사들을 상대로 압도적인 무위를 보여주기 시작했다.

불빛은 있으나 어둠이 짙게 깔린 밤인데다 기척을 감춘 채 접근해 오다 보니 속수무책으로 당할 수밖에 없었다.

서윤은 우선 침착하게 주변을 살폈다.

눈으로 좇으려 할수록 더욱 당황할 것 같아 기척을 느끼는 데 집중했다.

기감을 최대한 열고 그들이 뿌려대는 미약한 살기를 잡아 내기 위해 애썼다.

쉬익!

마치 먹이를 낚아챌 때 뱀의 소리처럼 작고 날카로운 파공 음이 들렸다.

'왼쪽, 아니, 오른쪽에도.'

서윤이 고개를 틀어 작은 소도를 피해냄과 동시에 몸을 회 전시키며 오른쪽을 향해 주먹을 뻗었다.

펑!

서윤의 주먹은 허공을 때렸다. 그리고 다음 순간 등골이 오 싹해지는 것을 느꼈다.

'빌어먹을!'

서윤은 재빨리 땅을 박찼다.

순간적으로 가속하며 있던 자리를 벗어난 서윤은 재빨리 뒤를 돌아보았다.

쾅!

그대로 땅을 찍은 검.

마치 거대하고 묵직한 도로 펼쳐 낸 일격 같은 위력이다.

검으로 땅을 찍은 자가 천천히 고개를 들었다. 그러고는 서윤을 바라보며 말했다.

"일조가 왜 아직까지 도착하지 않았는지 의아했는데 이제야 이해가 가는군. 네놈이었어."

들어본 목소리다.

마을에서 일조만 남기고 합산으로 가라는 명령을 남긴 자.

'이자가 대장이다.'

서윤이 주먹을 쥐었다.

그와 마주하고 있기 때문일까. 다른 적들은 지부의 무사들만을 상대하고 있었다.

"우리 애들 저승 보낸 대가는 치러야지? 안 그런가? 어떻게든 막아보려는 생각에 여기까지 온 모양이지만 결과는 달라지지 않아. 여기 있는 모두가 죽는다. 물론 너도 거기에 포함되고."

"너희들은 누구지?"

"적이다. 그것 말고 이 상황에서 알아야 될 게 있는가?"

상대의 목소리는 여유로웠다.

주변에서 들리는 비명이 아니었다면 전장이 아닌, 길 가다 마주쳐 나누는 대화처럼 느껴질 정도였다.

"폭이라는 글자, 담벼락에도 남겨놨고 무복에도 새겨져 있더군. 조직과 관련된 글자인가?"

"알아야 될 건 없다고 했을 텐데. 죽어라!"

쐐에에엑!

사내가 짜증 난다는 듯 검을 휘둘렀다. 그러자 검에서부터 뿜어져 나온 기운이 지면을 긁으며 서윤을 향해 쏘아져 왔다.

서윤이 오른쪽 다리를 뒤로 빼며 몸을 틀었다.

날카로운 기운이 서윤의 코앞을 스쳐 지나갔다. 그와 동시에 뒤로 뺀 오른 다리에 힘을 준 서윤은 앞으로 쏘아져 나갔다.

짜앙!

어느새 서윤의 검을 막아선 상대.

그리고 그 검에 주먹을 꽂은 채 그를 노려보는 서윤.

팽팽하게 대치하고 있는 상황에서 서윤이 나직이, 그러면서도 분노에 찬 어조로 말했다.

"너희들은… 그 마을에서… 나를 만나지 말았어야 했다!"

터엉!

그 말이 끝남과 동시에 상대의 검이 강하게 튕겨 나갔다. 순간적으로 응축해 있던 공기가 서윤의 강한 기운과 섞이며 상대를 밀어낸 것이다.

뒤로 조금 밀리긴 했으나 상대의 자세가 흐트러지지는 않았다.

찰나의 순간 자신의 앞에서 무언가 터질 것 같은 응축된 힘을 느끼고 먼저 몸을 뒤로 빼며 자세를 잡은 것이다.

그러나 전보다 경험이 쌓인 서윤도 찾아온 기회를 놓치지 않는 여유가 어느 정도 생겼다.

틈을 놓치지 않고 다시 한 번 쇄도한 서윤이 풍절비룡권 전반 삼 초식을 연달아 펼쳐 내기 시작했다.

콰쾅! 쾅! 쾅!

지근거리에서 연달아 쏟아지는 공격을 상대는 당황하는 기색 없이 침착하게 막아갔다.

복면 위로 보이는 눈동자는 조금의 흔들림도 없었다.

'막아낸다? 더 강한 힘으로 깨버리면 그만!'

서윤은 더욱 내력을 끌어 올렸다.

더욱 빨라진 속도와 위력. 주변의 공기가 서윤을 중심으로 요동치기 시작했다.

꽈앙!

서윤의 공격이 강하게 들어갔다.

하지만 서윤은 인상을 찌푸렸다. 손에서 느껴지는 감각이 정타와는 거리가 멀었기 때문이다.

역시나 상대는 별다른 충격을 받지 않은 듯 태연하게 역공을 취해왔다.

파박!

서윤이 땅을 박차 뒤쪽으로 몸을 빼며 상대의 거리에서 벗어나려 했다.

하지만 놓치지 않겠다는 듯 상대 역시 빠르게 거리를 좁히며 검을 휘둘러 왔다.

날카로운 예기를 머금은 검이 서늘한 기운을 뿌려댔다.

금방이라도 몸을 가르고 지나갈 것만 같은 기운을 향해 서윤은 연달아 주먹을 뻗어냈다.

주먹을 뻗어도 닿지 않을 거리.

하지만 서윤이 그 정도도 모르고 무작위로 주먹을 휘두를 리가 없었다.

서윤이 주먹을 완전히 뻗은 그 순간, 주먹이 머금고 있던 강한 기운이 앞쪽으로 쏘아져 나갔다.

펑! 퍼펑!

상대의 검에 실린 기운과 충돌하며 터져 나가는 공격. 그와 동시에 서윤은 다시금 정면으로 치고 나갔다.

상대는 적지 않게 당황한 듯했다.

지금까지 서윤의 공격은 근접 박투에 가까웠다.

아무리 중원 제일의 보법이라는 쾌풍보를 익히고 있다 하더라도 한계가 있을 수 있었다.

물론 풍절비룡권이 가진 묘리가 있었기에 기압과 풍압을 적절히 활용하면 어느 정도는 거리의 한계를 이겨낼 수 있었다.

하지만 지금의 상대는 아니었다.

다가서기도 쉽지 않았지만 가까운 곳에서 아무리 위력적인 공격을 해도 허무하리만큼 쉽게 막아냈다.

그러면서 이어지는 반격은 서윤을 점점 더 힘들게 만들었다.

그 때문에 발경을 처음으로 시도해 본 것이다.

탁곤과의 싸움 이후 여러 가지를 느꼈고, 소귀와의 싸움 이후로 그것들이 조금씩 구체화되고 있었다.

아직 완벽하게 깨달음을 얻었다고 할 정도는 아니지만 할 수 있겠다는 느낌은 어느 정도 가지고 있었다.

조금 더 느낀 것을 정립할 시간이 있었다면 후반 이 초식을 익힐 수 있는 연결 고리가 될 수도 있었겠지만 아직까지는 그 수준에 미치지 못했다.

지금까지와 다르게 서윤이 거리를 벌리고 발경을 이용해 권기를 쏘아대자 상대는 적잖이 당황했다.

꽝!

매서운 공격을 권경으로 막고 상대가 당황해하는 틈을 타 서윤이 재빠르게 접근해 공격을 뿌렸다.

"큭!"

그러자 상대가 처음으로 신음을 내뱉었다.

지금까지 서윤의 공격을 쉽게 막아내는 것처럼 보인 것은 그가 충격을 흡수하고 흘리는 데 탁월한 능력이 있었기 때문이다.

하지만 당황한 데다 제대로 자세를 잡지 못하다 보니 충격을 흘리기 어려웠고, 지금까지보다 더 큰 충격을 고스란히 몸으로 받아내야 했다.

그 후로 서윤은 더욱 몰아쳤다.

가까운 거리에서 쏟아내는 풍절비룡권은 확실히 피하기 어렵고 막아내기 어려운 위력이 있었다.

하지만 상대의 무기는 검이고 기울어진 전세를 뒤집을 수 있는 실력도 가진 자였다.

막무가내로 휘두르는 것처럼 보이는 검로는 서윤의 투로를 교묘하게 흩트려 놓고 있었다.

'젠장!'

서윤도 느낄 수 있었다.

이대로는 아무리 공격을 퍼붓는다 하여도 지치는 쪽은 자신이었다.

팟!

서윤이 거리를 벌렸다.

하지만 이번에는 상대가 서윤을 따라붙지 않았다. 덕분에 서윤은 한숨을 돌리며 주변을 돌아볼 여유가 생겼다.

'뭐, 뭐야!'

주변이 조용했다.

언제부터인지 모르겠지만 들리던 비명 소리가 멈춰 있고 인기척도 느껴지지 않았다.

발끝에 걸리는 무언가가 있다.

서윤의 시선이 아래로 향했고, 거기엔 지부장의 시체가 있었다.

"말도 안 돼."

"네 덕분이다. 시간을 벌었어."

상대가 서윤을 향해 말했다. 눈밖에 보이지 않았지만 마치 조롱하는 것 같았다.

상대는 처음부터 서윤을 죽이고자 하지 않았다. 서윤을 묶어두는 것이 주된 목적이었던 것이다.

서윤이 다시 주변을 훑었다.

적의 숫자도 많이 줄었지만 전멸한 합산 지부와 비교하면 멀쩡한 전력이었다.

일대다의 싸움.

절대적으로 불리한 위치에 놓인 서윤이다.

꽈드드득!

서윤이 으스러지도록 주먹을 쥐었다.

절대 살아 돌아갈 수 없을 것 같은 상황. 마지막이라 생각하니 오히려 마음이 편해지는 것 같았다.

"죽기엔 달이 너무 밝군."

서윤이 중얼거렸다.

그러고는 크게 한번 심호흡을 했다.

지금까지 그렇게 많은 공격을 퍼부었으나 아직까지 진기가 충만했다.

어디서 그렇게 샘솟는 것인지. 서윤의 입가에 미소가 번졌다.

"웃어?"

상대가 어이없다는 듯 말했다. 하지만 서윤의 입가에 번진 미소는 더욱 짙어졌고, 이내 대소를 터뜨렸다.

"하하하!"

"죽을 때가 되니 실성을 했구나. 죽여라. 조금이라도 제정신일 때 저승으로 보내주도록."

그렇게 말한 자가 뒤로 물러섰다. 그러자 남아 있는 열 명의 적이 앞으로 나서며 서윤을 향해 일제히 검을 들었다.

일조가 서윤의 손에 당했다는 것을 알고 있기에 굉장히 신중하고 조심스럽게 상대하려는 듯했다.

그때까지도 웃던 서윤이 웃음을 멈췄다.

그러고는 서슬 퍼런 눈빛으로 자신을 향해 검을 겨누고 있는 적들을 훑어봤다.

오싹!

서윤의 시선에 담긴 살기에 적들이 오히려 주춤했다.

하지만 그것도 잠시, 그들은 스스로 상대의 눈빛에 움찔했다는 사실에 치욕스러움을 느꼈다.

"쳐!"

누군가가 소리쳤고, 그 순간 일제히 서윤을 향해 달려들었다.

빠르게 쇄도하는 그들을 보며 서윤은 기운을 끌어올렸다.

옷자락이 부풀어 오르고 거센 바람이 불었다.

'되겠다.'

서윤은 그 순간 무언가를 느꼈다. 그리고 머릿속에만 있던 것을 앞으로 뻗어냈다.

콰콰콰콰콰콰콰!

거센 폭풍이 몰아치듯 서윤의 주먹에서 강맹한 진기가 뿜어져 나갔다.

처음으로 펼쳐 보는 후반 이 초식.

그 중 첫 번째 초식인 광풍난무(狂風亂舞)였다.

일진광풍이 몰아치듯 진기가 사방을 휩쓸었다. 달려들던 적들은 물론이고 바닥에 쓰러져 있던 시체까지도 기파에 휩쓸렸다.

적들의 비명이 밤하늘에 울려 퍼졌다.

마치 날아드는 유리 파편에 온몸이 찢긴 듯 심각한 상처를 입은 적들이 떨어지는 낙엽처럼 바닥에 널브러졌다.

서윤은 몸 안에 있는 모든 진기가 한 번에 빠져나가는 것 같은 착각을 느꼈다.

그 정도로 진기의 소모가 큰 초식이었다.

'함부로 쓰면 안 되겠군.'

"쿨럭!"

서윤이 바닥으로 쏟아낸 피를 보며 쓴웃음을 지었다. 서윤이 사용한 광풍난무는 완벽한 것이 아니었다.

최대한 진기를 쥐어짠 후 풍절비룡권의 묘리와 섞어 위력을 증폭시키는 편법을 쓴 것이다.

중단전을 열었지만 아직 상단전에 대한 실마리를 제대로 잡지 못한 상태에서 무리해서 초식을 쓰다 보니 내상을 입은 서윤이다.

"하!"

서윤이 그 자리에서 털썩 주저앉았다.

통증도 통증이지만 갑자기 몰아치는 피로에 도저히 서 있을 수도, 눈을 뜨고 있을 수도 없었다.

그러나 서윤은 억지로 정신을 붙잡았다.

이 상황에서도 쓰러지지 않은 단 한 사람이 경악에 찬 눈빛으로 서윤을 바라보고 있었기 때문이다.

어떤 식으로든 서윤의 공격이 만들어낸 기파를 막아냈을 텐데 그는 내상 하나 없이 멀쩡한 듯 보였다.

다리가 후들거렸다.

하지만 서윤은 억지로 버티고 섰다.

겨우 버티고 서 있긴 하지만 서윤은 지금 당장에라도 주저앉고 싶었다.

방금 전의 공격으로 입은 내상으로 인해 통증도 조금씩 심해지고 있었다.

이런 상황에서 눈앞의 사내가 강하지 않은, 약한 공격이라도 해온다면 꼼짝없이 죽을지도 몰랐다.

서윤은 살짝 굽혔던 허리를 폈다.

그러고는 아무렇지도 않은 척 있는 힘을 쥐어짜 입을 열었다.

"덤벼."

서윤의 짧은 말에도 적은 움직이지 않았다. 마치 상태를 살 피기라도 하려는 듯 상대는 흔들리는 눈동자로 서윤의 전신 을 훑고 있었다.

그러던 그의 시선이 서윤의 다리 쪽에 닿았다.

억지로 서 있다는 걸 알 수 있을 정도로 부들부들 떨리고 있는 다리.

그제야 흔들리던 그의 눈동자가 멈췄다.

"겨우 서 있는 주제에 큰소리는."

그렇게 말하며 그가 검을 늘어뜨렸다. 언뜻 보기엔 공격하 려는 의지가 없어 보였다.

하지만 그의 검끝에는 아지랑이 같은 기운이 꿈틀거리고 있었다.

그것을 본 서윤은 긴장하기 시작했다.

다행히 내상은 더 이상 번지지 않고 있었고, 한 번에 빠져 나간 진기 역시 조금씩 채워지고 있었다.

평소보다 속도가 더딘 것이 문제였지만.

"한 걸음만 움직여도 당신은 죽어."

서윤이 말했다.

자신도 어떻게 그런 말을 내뱉었는지 알 수 없었다. 그냥 자신도 모르게 튀어나온 말이다.

하지만 그 말 한마디의 효과는 제법 컸다.

조금 전 서윤이 보인 한 수가 워낙 강한 위력을 담고 있었기 때문이다.

앞에 수하들이 있어 위력이 반감되었기에 막아낼 수 있었지만 그렇지 않았다면 그 역시도 심각한 내상을 입었을지 모른다.

게다가 서윤의 목소리에는 조금의 흔들림도 없었으며 부들부들 떨리던 다리 역시 지금은 안정되어 있었다.

서윤의 말 한마디가 허언이 아닐지 모른다는 생각이 상대의 머릿속을 지배하기 시작했다.

"후후, 대단하군. 이 상황에서 이런 배짱이라니. 역시 권왕의 제자는 다르다는 건가?"

그의 말에 놀란 건 서윤이었다.

물론 지금까지 싸우면서 신도장천의 절초들을 사용했으니 알아보는 건 당연한 일일지도 모른다.

하지만 지금 상대의 말은 진작부터 알고 있었다는 뜻이다.

"폭렬단(爆裂團)을 홀로 상대하고 살아남은 건 네놈이 처음이다. 하지만 착각하지 마라. 네가 상대한 건 폭렬단의 일부이니."

'폭렬단. 그래서 폭인 건가.'

그들의 이름에서 담장에 적혀 있던 '폭'의 의미를 알게 된 서윤은 상대를 노려보았다.

"오늘은 표식을 남기지 못하겠군. 지부를 무너뜨렸으되 큰

피해를 입었으니. 앞으로 네놈은 우리 폭렬단의 첫 번째 목표
가 될 것이다. 항상 긴장하는 게 좋을 것이다. 잠자는 것도,
먹는 것도 맘 편히 할 생각은 접어두는 게 좋아."

그 말을 남긴 상대가 홀연히 사라졌다.

"하……."

가만히 서 있던 서윤은 깊은 한숨을 내쉬었다.

"큭!"

안도감도 잠시, 몸 안에서부터 전해져 오는 찌릿한 통증에
서윤은 짧은 신음을 내뱉었다.

다리는 다시 떨리기 시작했고, 안색도 급격히 창백해지기
시작했다.

내상을 막고 있던 진기를 돌려 다리의 떨림을 막고 최대한
태연하게 보이려 노력한 후폭풍이 이렇게 오고 있는 것이다.

서윤은 도저히 서 있을 수가 없었다.

버티던 서윤은 피가 홍건하고 시체들이 즐비한 그곳에 털
썩 주저앉았다.

몰려오는 통증과 피로를 이겨내려는 듯 계속해서 눈을 껌
뻑였지만 결국 쓰러지고 말았다.

그렇게 무림맹 합산 지부는 지도에서 사라졌다.

＊　　　　＊　　　　＊

제갈공은 손에 종이 한 장을 든 채 빠른 걸음으로 어디론가 향하고 있었다.

"맹주님, 군사입니다."

맹주 종리혁의 집무실에 도착한 제갈공이 다급한 목소리로 기별을 넣자 문이 열렸다.

"무슨 일인가?"

"이것 좀 보십시오."

제갈공이 종리혁에게 들고 있던 종이를 건네주었다.

"이게 말이 되는가?"

제갈공이 전해준 서찰을 받아 읽은 종리혁이 대노한 듯 소리쳤다. 그에 제갈공은 면목 없다는 듯 고개를 숙였다.

"녹림이 공격하는 것까지는 그렇다 쳐도 지부가 나가떨어질 때까지 모를 수 있다는 게 말이 되는가?"

"면목 없습니다."

"무림맹의 정보력이 이 정도 수준밖에 되지 않는단 말인가!"

종리혁이 분노와 탄식을 담아 말했다.

"아무래도 정보를 담당하는 쪽에 간자가 있는 것이 아닌가 생각됩니다."

"허!"

무림맹이 어떤 곳인가. 정도무림의 성지나 다름없는 곳이다.

그런데 간자라니, 있을 수 없는 일이었다.

"군사는 이번 일과 관련된 모든 것을 책임지고 조사하시오. 철저히! 간자가 있다는 정황이 포착되면 색출해 내야 할 것이고, 그렇지 않다면 그 어떤 일보다 우선적으로 문제점을 보완하시오. 또한 각 지부의 상황을 파악하여 보고하도록 하시오!"

"알겠습니다."

제갈공이 고개를 숙였다.

집무실을 나서는 그의 표정에는 짙은 그늘이 드리워져 있었다.

*　　　*　　　*

서윤은 지부로 다가오는 제법 많은 인원의 인기척에 눈을 떴다.

빠르게 가까워지는 기운에 적의나 살기는 없었으나 지금 이 상황은 누가 보더라도 오해를 살 수 있을 만한 상황이었다.

모두가 죽어 있고 혼자 살아남은 상황.

서윤은 황급히 주변을 두리번거리며 몸을 숨길 곳을 찾았다. 하지만 딱 눈에 들어오는 곳이 없자 일단 건물 안으로 뛰어들어 갔다.

그리고는 바짝 숨을 죽인 채 밖의 동태를 살폈다.

불행인지 다행인지 서윤이 건물 안으로 들어간 직후 한 무리의 사람이 합산 지부 안으로 들어섰다.

복장으로 봐서는 관에서 나온 사람들 같았다.

"이게 무슨……?"

가장 먼저 지부 안으로 들어온 사람이 눈앞에 펼쳐진 광경을 보고 경악을 금치 못했다.

차갑게 식은 시체들이 즐비한 모습.

뒤이어 들어온 다른 자들 역시 경악을 금치 못했고, 몇몇은 역겨운지 헛구역질까지 하기 시작했다.

"지부 안을 철저히 수색하라! 단서가 될 만한 것은 모조리 수집해! 일부는 생존자가 있는지 확인해 보도록!"

"예!"

명령을 받은 자들이 일사불란하게 움직이기 시작했다.

일부는 시체를 살펴보고 수습했고, 일부는 흔적을 바탕으로 단서를 찾기 시작했다.

'난감하게 됐네.'

서윤이 속으로 중얼거렸다.

상황이 이렇게 되니 밖에 그냥 남아 있는 것만 못하게 되었다. 이제 와서 밖으로 나가면 당연히 의심을 받을 것이고, 그렇다고 계속해서 이 안에 있자니 금방 들킬 것 같았다.

'어떻게 한담?'

서윤은 침착하게 생각하기 시작했다.

짧은 고민 끝에 내린 결론은 어차피 의심받을 것이라면 안에 숨어 있다가 들키는 것보다는 당당하게 나가는 편이 낫겠다는 것이다.

결론을 내린 서윤은 지체하지 않고 문을 열고 밖으로 나갔다.

갑자기 지부 전각의 문이 열리며 서윤이 나타나자 수색하던 관병들이 잔뜩 경계하며 병장기를 겨누었다.

"누구냐?"

"전 무림맹 사람입니다. 귀주성에 있는 의협대 대원 서윤이라고 합니다."

서윤은 침착하게 자신의 정체를 밝혔다.

"그런데 어찌 그곳에서 나오는 것인가?"

사내의 물음에 서윤이 짤막하게 어제 있던 일을 설명하기 시작했다.

"합산 지부가 위험한 것을 알고 그 사실을 전하러 왔습니다. 하지만 이내 공격을 받았고, 저만 살아남았습니다."

"다 죽었는데 홀로 살아남았다?"

서윤의 말은 오히려 의심을 증폭시켰다. 다 죽고 홀로 살아남은 상황. 그리고 무림맹 사람이라는 것을 확실하게 증명해 줄 수 있는 사람도 없다.

당연히 의심할 수밖에 없었다.

"예. 쓰러져 있다가 인기척을 느끼고 다시 적이 온 것은 아닐까 하는 생각에 몸을 숨기고 있었습니다."

서윤은 솔직하게 대답했다. 하지만 의심의 눈초리는 조금도 줄어들지 않았다.

"아무래도 관아에 함께 가야겠다. 신원은 무림맹에 의뢰해 확인해 보면 되겠지. 그대 말이 사실이라면 순순히 따라가겠지?"

서윤은 답답했다.

물론 정황상 자신의 말만 듣고 믿어줄 것이라는 생각은 하지 않았지만 다시 대륙상단의 상행에 합류해야 하는 시점에서 관아에 끌려가야 한다니 답답해지는 것은 어쩔 수 없었다.

"후……. 알겠습니다."

서윤이 순순히 따라나서겠다고 하자 경계심을 품고 있던 관병들이 조금은 풀어진 듯했다.

"일부는 나와 함께 이자를 데려가고 나머지는 장내 수습 및 단서를 찾도록!"

"예!"

관병들이 일제히 큰 소리로 답했다.

"가지. 포박하라!"

포박하라는 말에 서윤은 당황한 표정을 지었다. 도망갈 생각은 없었지만 자신은 죄인도 아닌데 포박까지 당해야 하니 억울한 마음이 들었다.

하지만 어쩌겠는가. 지금 이 상황에서 포박을 거부하고 도망칠 수도 없는 노릇.

결국 순순히 포박당한 채 관아로 갈 수밖에 없었다.

관아에 온 서윤은 옥에 갇혔다.

차가운 벽에 기대어 지금의 상황에 답답함을 느끼고 있을 때 자신을 이곳까지 데려온 사내가 왔다.

"조사할 것이 있으니 나오도록."

그 말에 서윤이 인상을 찌푸리며 몸을 일으켰다.

아직 내상의 여파 때문에 움직일 때마다 몸 안에서 통증이 밀려온 탓이다.

그제야 서윤의 안색을 제대로 살핀 사내가 물었다.

"내상을 입었나?"

"심각한 수준은 아닙니다."

서윤이 괜찮다는 듯 말했다. 하지만 사내는 고개를 저었다.

"그렇군. 가지."

그렇게 말한 사내가 옥사 문을 열었다. 서윤은 열린 문을 나서서 말없이 사내의 뒤를 따랐다.

허름한 취조실에 들어온 서윤은 사내의 맞은편에 앉았다.

"이름은 서윤이고 무림맹 의협대 소속이라……. 의협대는 처음 들어보는데?"

"생긴 지 오래되지는 않았습니다."

"그렇군. 대단한 가문이 있는 것도 아니고. 뭐, 신원 확인은 무림맹에 요청해 두었으니 머지않아 도착하겠지. 그날 있던 일을 소상히 말해보도록."

"혹시 폭렬단을 아십니까?"

"폭렬단?"

서윤의 물음에 사내가 인상을 찌푸렸다. 처음 들어보는 명칭이다.

"처음 듣는군."

사내의 말에 서윤은 조금도 실망한 기색을 보이지 않았다. 폭렬단이 널리 이름을 떨치고 있다면, 혹은 떨친 적이 있다면 도안 지부에서 폭이라는 글자를 봤을 때 떠올랐을 것이다.

무림에 몸담고 있는 자들도 모르는데 관에 있는 사람이라면 더더욱 모르는 것이 당연했다.

"그들의 짓입니다, 합산 지부의 일은."

"폭렬단의 짓이다? 어떻게 단정하지?"

"그들과 싸웠기 때문입니다. 그리고 그 싸움에서 살아남은 사람은 저 혼자가 아닙니다."

"그렇다면?"

"폭렬단을 이끌고 온 자. 단주인지는 모르겠지만 그자가 자신의 입으로 말했습니다. 폭렬단이라고."

"좋아, 그들의 짓이라 치고, 들어온 정보에 의하면 무림맹 의협대는 대류상단의 상행을 호위 중이라고 들었는데 어찌 합산 지부로 갔던 거지?"

사내의 질문에 서윤은 순간 말문이 막혔다. 할 말이 없어서
가 아니라 어디서부터 이야기해야 할지 막막했기 때문이다.

'마영방주와의 싸움부터 말해야 하나?'

모든 시작은 서윤이 마영방과 얽히면서부터였다. 마영방주
의 무공을 기억하지 못했다면 탁곤과의 싸움에서 이상한 점
을 느끼지 못했을 것이다.

'아!'

그러던 중 서윤은 무언가 생각난 듯 입을 열었다.

"상행 도중 무림맹 본 단에 보고해야 할 것이 있었습니다.
그래서 가까운 도안 지부를 찾았고, 그곳이 적들의 손에 무너
진 것을 확인했습니다. 다급한 상황이었고, 그 사실을 보고하
기 위해 조장의 허락을 받고 합산 지부를 찾았습니다."

"그랬는데 때마침 적들의 공격이 있었다?"

"그렇습니다."

소귀와의 싸움은 굳이 이야기하지 않아도 될 것 같아 서윤
은 얼른 사내의 말을 받았다.

"흠, 폭렬단이라……. 밖에 누구 있느냐?"

"부르셨습니까."

사내의 말에 취조실 밖에 있던 관병 한 명이 안으로 들어왔
다.

"상부에 폭렬단에 대해 보고하고 수사 요청을 하게. 부림의

일에는 끼어들지 않으려 했건만 마을을 건드려?"

"알겠습니다."

분노에 찬 사내의 말에 수하가 고개를 숙이며 대답하고 밖으로 나갔다.

"아무튼 무림맹의 지부 하나를 박살 낼 정도로 대단한 실력을 가진 적들이 쳐들어왔는데 홀로 살아남았다. 이렇게나 멀쩡하게 말이지."

사내의 중얼거림에 서윤은 아무 말도 하지 않고 가만히 있었다.

"의협대, 들어본 적 없는 부대에 그것도 당신처럼 어린 나이에 그 정도 실력을 가진 고수가 있다? 무림이 매년 후기지수가 무더기로 튀어나오는 곳이라지만 당신 이름은 들어본 적이 없어. 전설에나 등장하는 반로환동(返路還童)을 한 고수라면 모를까."

그렇게 말하며 사내는 서윤을 빤히 바라보았다. 서윤은 그 눈빛을 피하지 않고 마주 보았다.

'눈을 피하지 않아? 눈동자에 흔들림도 없고. 거짓을 말하는 것 같지는 않은데. 그렇다면 이 무명의 무인이 절정을 바라보는 고수라는 뜻인가?'

그렇게 생각한 사내는 가만히 고개를 저었다.

이 정도 실력의 후기지수라면 무림에 그 이름이 알려지지 않았을 리가 없었다.

'복잡하군. 아니, 복잡할 것도 없군. 무림맹에서 신원 확인만 해준다면야.'

생각을 정리 중인 사내를 보며 서윤은 문득 의협대에 놔두고 온 신도장천의 장갑을 떠올렸다.

합산 지부에 처음 갔을 때 검을 뽑아 자신의 신분을 증명하는 설시연의 모습을 보며 많은 것을 느낀 그였다.

만약 지금 이 순간 신도장천이 사용했다는 그 장갑을 가지고 있었다면 눈앞에 있는 사내가 자신을 단번에 믿지 않았을까 하는 생각이 들었다.

그랬다면 자신은 지금 이곳, 취조실에 있는 것이 아닌 대륙상단의 상행에 합류해 있을 것이다.

'누이라도 함께 있었다면……'

설시연의 부재가 아쉬워지는 서윤이다. 하지만 이내 그런 생각을 접었다.

'아냐. 함께 있었다면 목숨을 장담하기 어려웠어. 차라리 잘된 일일지도.'

자신 편하자고 설시연을 위험에 빠뜨릴 수는 없었다. 그러자 괜히 이 자리에 없는 설시연에게 미안해지는 서윤이다.

'나중에 다시 만나면 사과부터 해야겠군.'

하지만 언제 다시 만날 수 있느냐가 문제였다. 절로 한숨이 나왔다.

조사가 끝나고 나흘이 지났을 때, 서윤은 다시 옥에서 나왔다.

의심은 받고 있었지만 첫 조사에서 서윤의 진정성이 전해졌는지 딱딱한 바닥에서 잠을 청하는 것을 빼고는 대우가 나쁘지는 않았다.

게다가 서윤의 말이 사실이라면 마음만 먹으면 옥에서 탈출하는 것이 어렵지 않을 것임에도 군말 없이 지내는 것을 보며 의심은 어느 정도 걷힌 상태였다.

옥사 밖으로 나온 서윤은 깜짝 놀랐다.

갑자기 누군가가 와락 달려든 까닭이다.

"누, 누이!"

서윤에게 달려와 안긴 사람은 설시연이었다. 당황스러운 표정을 지은 서윤이 시선을 돌리자 걱정스러우면서도 흐뭇한 미소를 짓고 있는 설궁도와 부럽다는 시선을 보내고 있는 황보수열이 보였다.

"어떻게……."

"연아가 하도 고집을 부려서 여기까지 왔네. 아우 걱정에 나도 큰 반대를 하지 않았고, 여기 있는 황보 조장님 역시도."

설궁도의 말에 서윤은 뭉클한 감정을 느꼈다.

"언제까지 안겨 있을 셈이더냐?"

짓궂은 설궁도의 말에 설시연이 화들짝 놀라며 서윤의 품에서 떨어졌다. 그녀의 얼굴에 홍조가 물들어 있음은 당연했다.

"에잉, 여자는 튕기는 맛도 좀 있어야 하거늘 먼저 좋다고 저리 달려드니 잘되긴 글렀구나."

설궁도가 탄식하듯 혼잣말을 내뱉었다. 하지만 그 말을 못 들은 사람은 이 자리에 없었다.

어색한 분위기가 흐를 때 서윤을 조사하던 사내가 다가왔다. 잔뜩 상기되어 있는 그의 얼굴을 마주하니 서윤은 절로 긴장되었다.

"무례를 용서하십시오."

서윤에게 다가온 사내가 포권과 함께 서윤에게 존대를 했다. 그에 당황한 서윤이 머리를 긁적이며 어정쩡하게 서 있었다.

"권왕님의 손자 분을 의심하고 이런 옥사에 가둬두었으니 용서를 청해야 마땅합니다."

그제야 서윤은 모든 사실을 알게 되었다.

설궁도와 황보수열이, 아니, 어쩌면 설시연이 먼저 나서서 자신의 신분을 알렸으리라.

"방금 무림맹에서 신원 확인서도 도착했습니다. 의심해서 죄송합니다."

"아닙니다. 충분히 의심받을 만한 상황이었습니다."

"왜 진작 말씀하시지 않았습니까?"

"말한다고 믿을 상황이었을까요?"

서윤의 말에 사내가 고개를 끄덕였다. 충분히 그 어떤 말도 쉽게 믿을 수 있는 상황은 아니었지만 미리 알았으면 하는 아쉬움은 있었다.

"너무 과한 존대는 받기 어렵습니다."

서윤의 말에 사내가 고개를 저었다.

"충분히 받으셔야 합니다."

사내의 말에 서윤이 무슨 의미냐는 듯 그를 바라보았다. 그에 대한 대답은 사내가 아닌 엉뚱한 곳에서 나왔다.

"이분은 나도 아는 분이다."

"예?"

이건 또 무슨 상황이란 말인가.

"할아버지, 종조부님과 작은 연이 있는 분이시다. 섬서 땅에 계시던 분이 어찌 이곳까지 오셨는지는 모르겠지만."

"저는 관치원(關致遠)이라고 합니다. 과거 대륙상단의 도움을 받은 일이 있습니다. 그때 권왕님과 검왕님 모두를 뵈었지요. 몸이 성치 않은 상황이었는데 치료를 해주시고 작은 가르침도 주셨습니다. 덕분에 관에 몸담으면서 제법 빠르게 진급도 해서 이 자리에 있는 것입니다."

"아……."

그제야 서윤은 관치원이 자신에게 과한 존대를 하는 것을 이해할 수 있었다. 하지만 그래도 불편한 건 불편한 것이다.

"이제 가봐도 되겠습니까?"

얼른 이 자리를 벗어나고 싶은 서윤이 물었다.

"아, 물론입니다. 가서도 됩니다."

관치원이 당연하다는 듯 대답했다. 그러고는 관아를 나서는 서윤 일행을 밖에까지 배웅 나왔다.

"그만 들어가 보십시오."

"예, 그래야지요. 무사히 상행을 끝마치시길 바랍니다. 그리고 폭렬단과 관련된 것은 저희도 나름대로 조사를 해보겠습니다."

"감사합니다."

서윤이 고개를 숙였다. 그러고는 일행과 함께 말을 몰아 관아에서 멀어졌다.

"우연도 이런 우연이 없군요."

관아에서 어느 정도 멀어지자 서윤이 중얼거리듯 말했다. 그에 바로 옆에서 말을 몰고 있는 설궁도가 말했다.

"그렇지. 하지만 우연은 필연을 낳는 법이라네. 저분이 할아버지, 종조부님을 만난 것은 우연이었지. 그리고 그분이 자네를 만난 것도 우연이야. 하지만 두 번의 우연이 필연을 낳은 게지."

설궁도의 말에 서윤이 알 듯 모를 듯한 표정을 지었다.

"뭐, 나도 세상을 오래 산 건 아니지만 어려서부터 아버지를 따라 상행을 다니다 보니 보고 들은 게 많아서 하는 말이네."

그렇게 말하며 설궁도가 웃어 보였다. 그러자 이번에는 황보수열이 물었다.

"그런데 폭렬단은 뭔가?"

"아!"

황보수열의 물음에 서윤이 손뼉을 탁 쳤다. 그러고는 입을 열었다.

"도안 지부와 합산 지부를 공격한 자들을 알았습니다."

"그게 폭렬단이라는 자들의 짓이란 말인가?"

"예. 은밀하고 강합니다."

서윤의 대답에 황보수열은 폭렬단이라는 이름을 곱씹어보았다. 하지만 그 역시도 처음 듣는 이름이다.

"이건 뭐 정체를 안 것도 아니고 모르는 것도 아니니 답답하군."

황보수열의 말에 서윤이 고개를 끄덕였다.

"그럼 그들과 싸운 거예요?"

설시연의 물음에 서윤이 고개를 끄덕였다. 그러자 세 사람 모두가 놀란 표정을 지었다.

그들이 누군가.

무림맹 지부 두 곳을 박살 낸 자들이다.

아니, 두 곳뿐만 아니라 자신들도 모르는 다른 일을 벌였을지도 모른다.

그런 그들과 싸워 살아남다니.

서윤의 무공이 진일보한 것은 알고 있었지만 자고 일어나면 성장해 있는 것 같은 이 속도는 정말이지 괴물 같았다.

"그래서 몸은 괜찮은 거예요? 또 쓰러지고 그런 건 아니고 요?"

걱정되어 묻는 것이었지만 서윤은 설시연의 질문에 뜨끔했 다. 물론 의식을 잃는 정도까지는 아니지만 싸움이 끝나고 잠 에 빠져든 것은 사실이기 때문이다.

지금 생각해 봐도 어찌 그 살벌한 상황에서 잠이 들었는지 본인 스스로도 이해할 수가 없었다.

'어째 싸움이 벌어질 때마다 쓰러지는 것 같구나.'

속으로 그렇게 중얼거린 서윤은 쓸쓸한 미소를 지었다.

"얼른 가세. 상행이 많이 늦어졌어. 미리 기별을 넣어 늦어 질 수도 있다고 알렸지만 그래도 빨리 가는 게 좋겠지."

설궁도의 말에 서윤은 다행이다 싶었다.

이 속도로 계속 갔으면 가는 내내 설시연에게 시달렸을지 도 모른다.

한데 속도를 내어 달리기 전 설궁도가 다시 불씨를 지폈다.

"그래도 몸 성히 돌아와 다행일세."

"감사합니다."

"아니, 감사는 우리가 해야지. 만약 아우님한테 무슨 일이 라도 생겼으면 연아가 난리를 피웠을 테니."

그 말에 당황한 설시연이 소리쳤다.

"무, 무슨!"

"난 연아 네가 그렇게 고집이 센 줄 몰랐구나. 얼마나 고집을 피우고 난리를 피우던지. 그랬는데 아우까지 크게 다쳤으면?"

그렇게 말한 설궁도가 몸을 부르르 떨었다. 생각도 하기 싫다는 뜻이다.

그에 맞춰 황보수열 역시 옆에서 고개를 절레절레 흔들었다.

"아니, 전 그냥 동생이고… 걱정되니까……."

설시연이 당황해 말하자 설궁도가 장난기 가득한 표정으로 말했다.

"누가 뭐랬느냐? 황보 형, 내가 뭐랬소?"

"아닙니다."

"거 보거라. 제 발 저릴 다른 일이라도 있는 것이냐?"

"오라버니!"

"하하하! 얼른 가자꾸나. 제발 앞으로는 별일 없길 바라면서."

그렇게 말하며 설궁도와 황보수열이 먼저 앞으로 치고 나갔다.

"하아……."

설시연이 당했다는 듯 한숨을 내쉬었다. 그러고는 슬쩍 서윤을 바라보았다. 서윤의 표정에는 큰 변화가 없었다.

'뭐야, 그런 이야기를 듣고도 아무렇지도 않단 말이야?'

설시연은 괜히 자존심이 상하는 것 같았다.

"가요!"

뾰로통하게 말한 설시연이 먼저 말을 몰아 벌써 꽤 멀어진 설궁도와 황보수열의 뒤를 쫓았다.

왠지 날이 선 것 같은 설시연의 목소리에 서윤 역시 얼떨떨한 표정으로 서둘러 말을 몰았다.

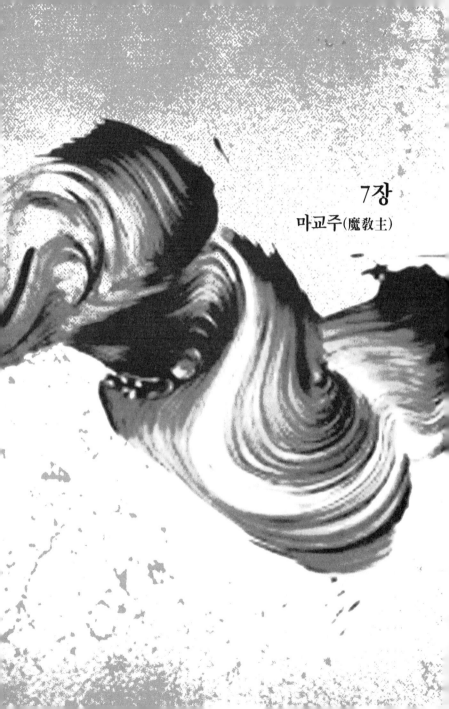

7장
마교주(魔敎主)

風神徐潤

풍신서윤

　부복해 있는 자, 그리고 그 앞에 등을 돌리고 서 있는 자.

　부복해 있는 자는 서윤과 일전을 벌인 폭렬단주였고, 그 앞에 등을 보이고 서 있는 자는 마교주였다.

　숨 막힐 정도로 고요한 정적이 계속되고 있을 때, 마교주의 입이 열렸다.

　"한 명에게 폭렬단의 사 할을 잃었단 말이지."

　"죄송합니다."

　"폭렬단이 약한 것인가, 그가 강한 것인가?"

　마교주의 물음에 폭렬단주는 어떤 대답도 할 수 없었다. 폭렬단이 약한 것이라 하는 것은 지금껏 자신들을 성장시켜 준교주에 대한 예의가 아니요, 상대가 강했다 하는 것은 자존심 상하는 일이었기 때문이다.

하지만 폭렬단주의 고민이 길어지기 전에 마교주가 다시 입을 열었다.

"그가 강한 것이겠지. 폭렬단의 힘은 내가 잘 알고 있으니."

"다음에는 꼭 그자의 목을 가져오겠습니다."

폭렬단주가 으스러지도록 주먹을 쥐며 말했다. 그러자 마교주가 몸을 돌리며 물었다.

"대륙상단의 상행에 합류했다지?"

"그렇습니다."

"공격 지시는 내렸나?"

"아직은 은밀히 따라붙으라고만 했습니다. 후기지수들이라고는 하지만 명문가의 자제들로 구성된 자들이라 신중하게 접근하려 합니다. 공격하라 할까요?"

폭렬단주의 물음에 마교주가 고개를 저었다.

"당분간은 놓치지 않을 정도로만 접근하도록."

"알겠습니다."

대답한 폭렬단주가 나가자 잠시 그렇게 서 있던 마교주가 입을 열었다.

"궁금하구나. 한번 만나봐야겠다."

누군가에게 말하는 것 같았지만 홀로 서 있는 대전에서는 아무런 대답도 들리지 않았다.

＊　　　＊　　　＊

대륙상단의 상행은 남녕에 멈춰 있었다.

대도시이기 때문에 적의 공격에 조금은 안심할 수 있는 만큼 대륙상단의 지부에서 마련해 놓은 장원에서 편하게 쉴 수 있었다.

귀주를 떠나 대륙상단의 상행에 합류한 이후로 여러 가지 일을 겪은 의협대원들도 남녕에 있는 동안에는 잠시나마 지친 심신을 달랠 수 있었다.

하지만 쉬는 것도 잠시, 의협대원들은 누가 먼저라고 할 것도 없이 장원의 공터에 모여 몸을 풀고 수련을 하기 시작했다.

사실 대부분이 자신의 가문과 실력에 자신감을 가지고 있었다. 거기에 젊은 혈기가 더해져 두려움을 몰랐다.

하지만 귀왕채와의 싸움은 그들에게 엄청난 충격을 가져다주었다.

두려움이 아니었다.

죽음에 대한 공포.

언제든 자신뿐만 아니라 동료가 죽어나갈 수도 있다는 그 공포는 그들이 가지고 있던 자신감을 한순간에 밀어내 버렸다.

자신들의 실력이 얼마나 보잘것없는지, 그리고 얼마나 더 강해져야 하는지 느낀 그 순간 모두가 좌절감에 빠져들었다.

그러나 젊기에 그들은 다시 정신을 수습할 수 있었다.

무인으로서 강함을 추구하는 것은 당연한 일이지만 거기에 절실함과 생존의 문제가 더해지면 더 높은 곳으로 오르는 데 훌륭한 발판이 될 수 있었다.

좌절하지 않고 다시 일어설 수 있는 힘, 그리고 더 발전하려는 의지를 불태울 수 있는 힘.

그것이 의협대가 가진 최고의 강점이라 할 수 있었다.

장원에 모여 자유롭게 수련을 하던 의협대원들은 서윤이 돌아왔다는 소식에 우르르 몰려나갔다.

이미 서윤은 그들에게 있어서 동료이자 동경의 대상이었다.

한 명도 빠짐없이 달려 나온 조원들을 보며 황보수열은 내심 씁쓸했지만 이전처럼 서윤을 의식하지는 않았다.

서윤은 동료이고 그가 강한 것은 사실이었다.

조원들이 이런 모습을 보이는 것은 지극히 자연스러운 행동이라 스스로를 위로했다.

'뭐, 나도 저들이었다면 똑같이 행동했을 테니까.'

그렇게 생각하며 황보수열도 입가에 옅은 미소를 지었다.

"아니, 형님, 도대체 뭘 어쨌기에 관아까지 붙잡혀 갑니까?"

단목성이 서윤에게 다가와 물었다. 그에 다들 궁금하다는 듯 눈을 빛내며 서윤을 바라보았다.

"어쩌다 보니……."

서윤이 머리를 긁적이며 말했다.

"다들 피곤한 사람 그만 괴롭히고 들어가! 시간이 오늘밖에 없나?"

황보수열의 말에 조원들은 아쉬워하며 흩어졌다. 그에 서윤은 작게 한숨을 내뱉었다.

"들어가 쉬게, 별일은 없었다지만 피곤할 테니. 저녁 식사 때가 되면 그때 부르겠네."

"고맙습니다."

황보수열의 말에 서윤이 미소 지으며 감사를 표했다.

"가요. 방 알려줄게요."

설시연이 서윤의 팔을 잡아끌었다. 그녀와 함께 멀어지는 서윤을 본 황보수열이 중얼거리듯 말했다.

"잘 어울리는군요, 저 두 사람."

"그렇죠? 하하!"

설궁도가 황보수열의 말을 받으며 기분 좋게 웃었다.

저녁 식사 시간이 되자 서윤이 식당에 모습을 드러냈다. 조금 전까지 잠을 잤는지 얼굴이 살짝 부어 있다.

잠이 덜 깬 모습으로 식당에 나타난 서윤을 조원들은 힐끗거리기만 할 뿐 별다른 질문을 하지는 않았다.

자신을 보자마자 아까처럼 질문 공세를 퍼붓지 않을까 내심 걱정하던 서윤은 다행이다 싶으면서도 도리어 의아한 생각이 들었다.

궁금한 것이 많은 것은 당연했다.

하지만 황보수열이 합산 지부의 일을 간략하게 전하며 지금은 마냥 밝을 수만은 없는 분위기라는 것을 강조하며 서윤도 충격이 클 것이니 많은 질문을 하지는 말라고 신신당부한 것이다.

그들도 무인이기에 서윤이 합산 지부에서 어떤 활약을 펼쳤는지 궁금증이 일었지만 참을 수밖에 없었다.

그 덕분에 서윤은 마음 편하게 식사에 임할 수 있었다.

"나왔네요?"

조금 늦게 식당에 나타난 설시연이 서윤을 보며 말했다. 그러고는 자연스럽게 그의 옆에 앉았다.

언제부터인가 식사 때나 쉴 때 서윤의 옆에 설시연이 있는 모습은 당연한 것처럼 받아들여지기 시작했다.

서윤의 옆에 설시연이 앉는 것을 본 몇몇 조원이 부러운 시선을 보냈지만 서윤은 크게 신경 쓰지 않았다.

식사 시간은 그렇게 조용히 지나갔다.

거의 비슷한 시간에 조원들이 식사를 끝내자 조금 더 일찍 식사를 끝낸 서윤이 모두를 한자리에 불러 모았다.

무슨 이야기를 하려는 듯한 서윤의 모습에 다들 기대감을 가지고 자리에 앉았다.

식기가 모두 치워지고 차가 나오자 서윤이 입을 열었다.

"모두가 합산에서의 일을 궁금해할 거라 생각합니다. 거창한 이야기는 아니지만 모두가 들어야 할 중요한 사안이라고 생각해 남아달라고 했습니다."

서윤의 말에 모두가 고개를 끄덕였다.

"그렇긴 하지."

황보수열의 말에 서윤이 말을 이었다.

"이야기를 들었겠지만 합산 지부 역시 무너졌습니다. 도안 지부와 합산 지부, 이 두 곳뿐만 아니라 중원 곳곳의 무림맹 지부가 당하고 있을 겁니다."

서윤의 말에 분위기가 순식간에 무거워졌다.

"합산 지부와 도안 지부를 그렇게 만든 자들의 정체는 폭렬단입니다. 혹시 폭렬단을 들어본 적이 있는 분 계십니까?"

서윤의 질문에 모두가 서로를 쳐다보았다. 역시나 알고 있는 사람은 없었다.

"그럴 겁니다. 그들은 은밀하고 강합니다. 어디에 속해 있는지도 모릅니다. 알았다면 무림맹에서 벌써 어떤 조치가 취해졌을 겁니다. 어쩌면 이번 임무도 우리 의협대가 아닌 다른 곳에서 맡았을 거고요."

모두가 서윤의 말을 숨죽인 채 들었다.

"그들은 지부를 무너뜨리고 표식을 남기고 있습니다. 도안 지부에서 본 그 표식이죠. 별다른 의미가 있는 것 같지는 않습니다. 다만 자신들의 존재를 알리려는 의도인 것 같습니다."

"왜 그런 짓을……. 오히려 정체가 드러나지 않는 것이 그들의 입장에서는 더 좋은 일 아닌가?"

황보수열의 의문에 몇몇이 고개를 끄덕였다.

"저도 그렇게 생각합니다. 어쩌면 그 정도로 자신이 있다는 뜻일 겁니다. 그만큼 강하기도 하고요. 단주로 생각되는 그자의 무공도 상당했습니다. 만약 그자가 제 속임수에 넘어가지 않았다면 전 이 자리에 있지 못했을 겁니다."

조원들은 서윤이 어떤 기지를 발휘해 위기를 넘겼는지 궁금했지만 참고 계속해서 그의 이야기를 들었다.

"마교로 짐작되지만 저들의 정체는 오리무중입니다. 지금까지 마주친 적은 쌍귀와 녹림의 귀왕채, 그리고 폭렬단입니다."

거기까지 말한 서윤은 잠시 말을 끊었다.

"쌍귀?"

서윤이 쌍귀와 마주쳤다는 사실을 처음 알게 된 황보수열이 깜짝 놀랐다. 이 자리에 있는 사람 중 쌍귀를 모르는 사람은 없었다.

서윤의 무위를 직접적으로 보기는 했지만 쌍귀와 싸웠다는 사실을 들으니 더욱 대단해 보였다.

"합산으로 향하던 도중 소귀와 마주쳤습니다. 탁곤과 마영 방주에게 마령인이라는 무공을 가르친 자가 소귀였습니다."

"소귀가 왜 그들에게 무공을……?"

황보수열이 이해할 수 없다는 듯 말했다.

적들과 마주칠 때마다 상황 정리가 되어야 하는데 오히려 더욱 복잡해지고 있었다.

"제가 듣기로 쌍귀는 어디에 소속된 자들이 아니라고 들었습니다."

"맞네. 나도 직접적으로 마주친 적은 없지만 어디에 소속되지 않고 둘만 따로 움직이는 자들이라 들었네."

"하지만 탁곤와 마영방주에게 마령인을 가르쳤다면 누군가의 명령을 받았거나 사주를 받았을지도 모릅니다. 어쩌면 마교주 밑으로 들어갔을지도 모르죠."

서윤의 말에 황보수열이 고개를 끄덕였다.

"상행과 표행을 공격하고 지부를 무너뜨린다. 들리는 소문으로는 녹림이 본격적으로 활동을 시작했다고 하네. 그 움직임이 너무 급작스럽고 적극적이야. 중소 규모 문파들이 또 한 번 피해를 입었네."

황보수열이 현재 벌어지고 있는 중원의 상황을 짤막하게 전했다.

"손발을 잘라낼 생각인 듯합니다."

듣고 있던 천보가 입을 열었다.

그렇게 생각할 수밖에 없었다. 상단과 표국을 공격해 자금줄을 끊는다. 얼핏 손발을 자르는 것과는 상관없어 보이지만 이것이야말로 치명적일 수 있었다.

상단과 표국이 각 문파나 무림맹에 지원하는 자금은 결코 적은 금액이 아니었다.

상단과 표국이 어려워진다는 것은 곧 문파와 무림맹의 상황이 어려워짐을 뜻한다.

거기에 중소 규모 문파들과 지부를 하나씩 무너뜨리는 것은 실질적인 전력 약화를 가져오는 일이다.

"허! 적이 누군지도 확실히 모르는데 당하고만 있으니……."

황보수열이 탄식하듯 말했다. 그때였다.

"궁금하면 알려줄까?"

갑자기 들려온 목소리에 모두의 시선이 식당 입구 쪽으로 향했다.

그곳에는 인자한 미소를 지은 채 한 사내가 서 있었다.

"누구시오?"

황보수열이 긴장하며 물었다.

이곳에 있는 사람들 모두가 그가 지척에 나타날 때까지 알아차리지 못했다는 것은 그만큼 강하다는 뜻.

역시나 이곳에서 가장 무위가 높은 서윤도 당황스러워하며 긴장했다.

"누구긴, 적이지."

그의 말에 모두가 자리에서 일어났다. 긴장한 표정이 역력했고 여차하면 모두가 공격할 태세였다.

그때 서윤이 자리에서 일어나며 앞으로 나섰다.

조원들을 자신의 등 뒤에 둔 채 서윤이 사내를 노려보았다.

자신의 생각이 맞다면, 자신의 느낌이 맞다면 눈앞의 사내
는 불구대천의 원수였다.

"너구나."

"내가 생각하는 그자가 맞소?"

서윤의 말투에 날이 서 있다. 그와 함께 조금씩 살기가 뿜
어져 나왔다.

"살기라니… 거두는 게 좋을 거야. 괜히 나를 자극했다가는
네 할아버지 꼴 날 것이다."

"닥쳐!"

서윤이 살기를 폭발시켰다.

그러자 뒤에 있던 조원들이 깜짝 놀라 물러섰다. 가까이 갔
다가는 서윤이 뿜어내는 기운과 살기에 내상을 입을지도 몰
랐다.

"네 손으로 동료들을 죽일 셈인가?"

사내, 마교주의 말에 서윤이 뒤에 있는 조원들을 떠올렸다.
순간적으로 흥분해 잠시 그들을 잊고 있던 서윤은 이내 살기
를 거뒀다.

"그래, 그래야지."

그렇게 말하며 잠시 미소를 짓고 있던 마교주가 서윤의 뒤
쪽으로 시선을 돌렸다.

그의 시선이 머문 곳에는 설궁도와 설시연이 있었다.

"대륙상단의 자제들이군. 만나보고 싶었는데."

"당신인가요, 할아버지를 그렇게 만든 게!"

"그렇다고도 할 수 있지."

"당신!"

설시연이 분노를 가득 담아 앞으로 나서려 했다. 하지만 서윤이 손을 들어 그녀를 제지했다.

"누이, 지금은 아닙니다. 다 죽어요."

서윤의 말에 설시연이 이를 악문 채 죽일 듯 마교주를 노려보았다.

"권왕의 손자와 검왕의 손녀. 잘 어울리는 한 쌍이군. 마음이 있다면 오붓한 시간, 오래 즐기는 게 좋을 거야. 머지않아 죽게 될 테니."

마교주의 말투는 시종일관 여유가 넘쳤다. 당연했다. 그 혼자만으로도 지금 이 자리에 있는 모두를 죽일 수 있는 실력을 가지고 있으니.

서서히 드러나는 그의 존재감에 조원들이 숨을 죽였다.

도저히 움직일 수가 없었다.

"오늘 온 건 그저 궁금했을 뿐이야. 폭렬단 아이들의 사 할을 쓸어버린 게 누구인지. 아무리 방심했다지만 그렇게 당할 아이들이 아니거든."

마교주의 말에 서윤은 폭렬단이 마교에 속한 부대라는 것을 알 수 있었다.

"그것이 전부요?"

"그래, 그게 전부다. 둘이 얘기 좀 할까? 약속하지. 너뿐만 아니라 이 장원에 있는 사람들 모두 털끝 하나 건드리지 않겠다. 단, 싸움을 걸어온다면 마다하지 않는다."

웃으며 말하고 있지만 마교주의 그 말 한마디는 그 어떤 말보다 공포스러웠다.

"좋소."

"안 돼요. 믿을 수 없어요."

그를 따라나서려는 서윤을 설시연이 막았다. 하지만 서윤은 자신을 믿으라는 듯 그녀를 바라보며 고개를 끄덕였다.

"오래 걸리진 않을 게야. 다들 들던 차, 마저 들고 있게."

그렇게 말한 마교주가 몸을 돌려 나갔고, 서윤이 그 뒤를 따랐다.

"아우, 조심하게."

설궁도가 떨리는 목소리로 말했다. 그에 서윤이 안심하라는 듯 미소를 지었다.

하지만 이내 표정을 굳힌 채 마교주의 뒤를 따랐다.

*   *   *

노을이 지고 난 다음부터는 어두워지는 속도가 빨라지는 법. 제법 밝던 장원 안도 건물 안에서 흘러나오는 빛줄기를 제외하면 어둠만이 짙게 깔려 있었다.

"좋은 장원이군. 용케도 이런 곳을 구했어. 역시 대륙상단은 대단해."

"할 얘기가 뭐요?"

서윤의 물음에 마교주가 인상을 찌푸렸다.

"이렇게 여유가 없어서야. 세상을 사는 데 여유 없으면 주변을 돌아볼 수가 없네. 여유가 있어야 내 주변 사람들도 지키고 챙길 수 있는 법이지. 무공도 마찬가지. 여유 없이 조급함만 가지고는 성장할 수 없어."

"불구대천의 원수와 노닥거릴 여유는 없어도 되오."

서윤이 딱딱하게 대답했다. 그러자 마교주가 달은 보이지 않고 별만 반짝이는 밤하늘을 올려다보았다.

"원수라……. 그렇지. 원수는 원수지. 하지만 그것 아나? 아무 이유 없이 싸움은 일어나지 않고 아무 이유 없이 싸움을 걸지 않아. 내가 권왕과 싸운 건 그만한 이유가 있어서이지. 원수라고 했지? 권왕도 내게는 원수였을 뿐이다. 원수가 생기면 복수를 낳지. 그 복수는 또 다른 원수를 만들고 그것은 또 다른 복수를 만들어낸다네. 그게 세상살이야. 만약 자네가 나에게 복수한다면 그것은 또 다른 원수를 만들어내겠지. 안 그런가?"

마교주의 말에 서윤은 아무런 말도 하지 않았다. 이유야 어찌 됐든 그가 원수라는 사실에는 변함이 없었다.

"지금 이 상황을 만든 건 우리의 의지와 목적이 아니라 자네가 몸담고 있는 정도무림이 만든 거야. 이념과 목적이 다르다 하여 배척하고 몰아내려고만 하지. 다른 것을 나쁜 것과 동일시하는 그런 썩어빠진 사고방식! 그것이 지금의 마도를 만든 것이다. 균형을 무시하고 자신들의 생각만이 옳다고 주장하는 것, 다름을 이야기하면 곧바로 등을 돌리고 헐뜯는 것, 그것이 지금의 정도무림이다. 그들이 나를 만들고 우리를 만들었다."

마교주의 목소리에는 힘이 있었다. 하지만 서윤은 고개를 저었다.

"그렇다 한들 지금 당신의 방식은 잘못됐어. 왜 무고한 사람들이 죽어 나가야 하지? 아무것도 모르고 하루하루 먹고사는 걱정만으로도 힘들어 하는 사람들이 왜 죽어가야 하는가? 당신들의 이념이 받아들여지지 않으면 설득하고 또 설득하여 관철시키면 될 일. 지금의 이 방법은 오히려 적대심만 키울 뿐이오."

서윤의 목소리에도 힘이 있었다. 그러자 마교주가 대소를 터뜨렸다.

"하하하! 아직 어리구나. 무림의 역사는 길다. 수백 년을 이어오면서 소위 정도라고 자리 잡은 저들은 단 한 번도 다름을 인정한 적이 없었다. 설득을 해? 이곳 무림에서 힘보다, 강한 무력보다 더욱 강력한 설득은 없다."

그렇게 말하며 마교주가 서윤을 똑바로 바라보았다.

"십여 년 전에는 권왕이 우리의 앞을 막았고, 난 그 벽을 없앴다. 시간이 얼마 없어. 그 짧은 시간 안에 네가 과연 새로운 벽이 되어 날 막아설 수 있을지 지켜보겠다. 부디 올라설 수 있는 최대치로 올라서 있길 바란다."

그 말을 남긴 마교주가 등을 돌렸다.

그리고 몇 걸음 걸어가더니 마치 어둠에 동화되기라도 하듯 홀연히 사라져 버렸다.

그가 사라진 뒤에도 서윤은 한참을 그 자리에 서 있었다.

사람들은 마교주를 따라간 서윤이 한참이 되도록 나타나지 않자 초조한 마음으로 기다리고 있었다.

그런 상태에서 서윤이 나타나자 한 명도 빠짐없이 자리에서 일어나 서윤에게 다가왔다.

"괜찮은가?"

"예, 이야기만 나눴습니다."

별 탈 없어 보이자 다들 안심하는 기색이다.

"뭐라고 하던가?"

"그냥 이런저런 이야기를 했습니다. 원수와 깊은 대화를 나눌 건 없죠."

"그런데 왜 이렇게 오래 걸렸어요?"

"생각 좀 하느라……."

서윤의 대답에 설시연이 앙칼진 목소리로 물었다.

"세상에, 얼마나 걱정했는지 알아요? 데리고 나간 사람이 다름 아닌 마교주라고요!"

"미안합니다."

서윤이 정말 미안해하는 표정을 지었다.

"어쨌든 폭렬단이 마교 소속이라는 것은 확실해졌습니다. 저들이 앞으로 무얼 어떻게 할지는 모르겠지만 단단히 대비해야 할 듯합니다."

"아무래도 그렇겠지. 하지만 지금 여기 있는 우리가 무얼 더 어떻게 할 수 있겠는가."

황보수열이 자조 섞인 목소리로 말했다. 그뿐만 아니라 조원 모두가 마교주의 등장으로 기세가 잔뜩 꺾여 있는 상태였다.

"별수 있겠습니까. 공격해 오면 맞서 싸워 이겨내야죠."

"본 단에서는 도대체 무얼 하고 있는지!"

황보수열이 답답한 듯 소리쳤다.

"저들이 워낙 은밀하게 움직였습니다. 본거지가 어디인지 파악하기도 쉽지 않겠죠. 게다가 소식을 전할 틈도 없이 지부들이 당했으니 더더욱 어려울 겁니다."

서윤이 하는 말을 모르는 것은 아니었다. 지금의 상황을 충분히 이해하고도 남았지만 답답한 것은 어쩔 수 없었다.

"다들 이만 쉬죠, 내일 다시 떠나야 하니."

그렇게 말한 서윤이 먼저 자신의 방으로 발걸음을 옮겼다. 그에 언뜻언뜻 좌절감을 내비치던 조원들도 하나둘씩 발걸음을 옮겼다.

　다음 날이 되었다.

　다시 상행을 떠나기 위해 채비를 하고 모인 일행의 분위기가 무거웠다.

　이런저런 이야기를 나눌 법하건만 누구 한 명 입을 여는 사람이 없었다. 간밤에 등장한 마교주의 존재감이 만들어낸 결과였다.

　'존재를 눈으로 본 것만으로도 이런 결과를 만들어내다니…….'

　서윤이 동료들을 바라보며 생각했다.

　"출발!"

　출발을 외치는 황보수열의 목소리도 많이 갈라져 있었다. 목소리가 잠겨 갈라질 정도로 그 역시 말이 없었다는 뜻이기도 했다.

　서윤도 말없이 말을 몰았다.

　내심 자신을 최우선 목표로 삼겠다던 폭렬단주의 말이 떠올랐지만 애써 불안감을 지우려는 듯 말고삐를 더욱 꽉 움켜쥐었다.

　그렇게 무거운 분위기 속에 상행이 다시 시작되었다.

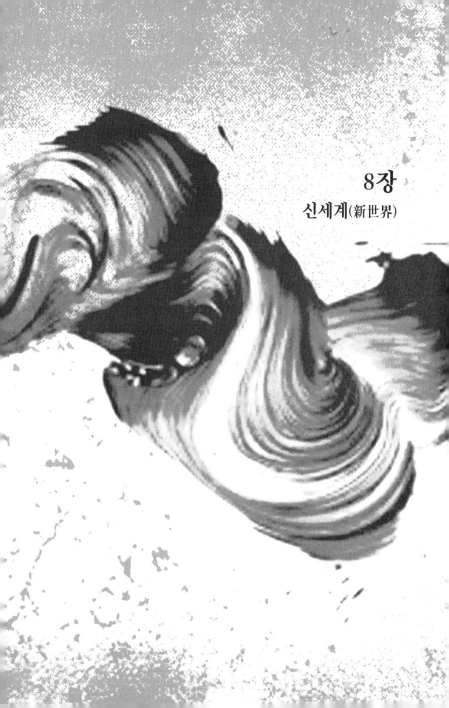

8장
신세계(新世界)

風神徐閏

풍신서윤

제갈공은 무거운 표정으로 집무실에 앉아 있었다.

이미 밤이 깊었지만 잠자리에 들 생각을 하지 못했다. 불면 증이 찾아오기 시작해 오히려 누워 있는 것이 더욱 곤욕이었다.

'저들이 은밀하다 한들 이렇게나 정보가 없을 수 있는가?'

그렇게 생각하며 제갈공은 두 개의 서류를 번갈아 바라보았다.

하나는 무림맹에서 자체적으로 조사한 내용이고 다른 하나는 개방을 통해 얻은 정보였다.

"큰 차이가 없다."

제갈공이 중얼거렸다. 중원 최고의 정보력을 자랑하는 개방과 비교해 무림맹의 조사 내용이 별반 다르지 않다는 것은 정보력에는 문제가 없다는 뜻이다.

'도대체 얼마나 은밀하게 움직이는 것인가?'

답답했다. 귀신이라도 된단 말인가? 적의 실체를 알 수 없고 계속해서 당하고만 있다.

벌써 적의 손에 무너진 무림맹 지부만 열 곳 가까이 되고 있었다.

'장강 이남에 몰려 있다. 아직 강북 쪽으로는 오지 않고 있어. 그렇다면 저들의 근거지가 강남 쪽에 있다는 뜻인데, 운남이 맞긴 한 건가?'

거기까지 생각이 미치니 자연스럽게 아직 의식불명인 검왕이 떠올랐다.

최근 들어온 소식에는 많이 좋아졌다고는 하지만 의식을 찾지 못하고 있는 것은 여전했다.

'검왕 선배님만 의식을 찾아도 많은 것을 들을 수 있을 텐데……'

아쉽고 또 아쉬웠다. 가장 최근까지 적의 손에 붙잡혀 있었으니 좀 더 자세한 것을 알 수 있을 터였다. 하지만 언제 깨어날지 모르니 지금으로서는 큰 기대를 하지 않는 편이 나을 수도 있었다.

"하, 의선을 찾는 것이 쉬운 일도 아니고."

그렇게 중얼거리며 제갈공이 의자에 몸을 기댔다. 요 근래 들어 족히 십 년은 늙은 듯 주름이 더욱 깊어진 얼굴에 근심이 더해지고 있었다.

＊　　　＊　　　＊

남녕을 출발한 일행은 속도를 높였다.

상행이 많이 늦어진 탓도 있지만 어쨌든 상행을 빨리 끝내는 것이 적들의 공격에도 부담을 줄일 수 있는 최선의 방법이었다.

속도를 높이고 가는 중에도 서윤은 계속해서 생각에 잠겨 있었다.

폭렬단의 공격이 계속된다면 지금의 무위로는 어렵다는 것이 서윤 스스로 내린 판단이다.

'여섯 개의 초식으로는 어려워. 정리할 시간이 필요해.'

풍절비룡권과 풍령신공, 그리고 쾌풍보.

전체를 관통하는 무리(武理)를 정리할 시간이 필요했다.

지난번 어설프게나마 흉내 내어 펼친 광풍난무도 실전에서 사용하기엔 어려움이 있었다.

'단순히 연환만 생각할 게 아니야. 운용에도 신경 써야 하고 쾌풍보와의 조화도 생각해야 한다. 각 초식의 특성과 연계까지 정리해야 할 게 많아.'

하지만 지금 상황에서 얼마가 걸릴지 모를 혼자만의 시간을 갖기란 어려운 일이었다.

지금처럼 틈틈이 생각을 정리하는 수밖에 없었다.

"형님, 무슨 생각을 그렇게 해요?"

한창 생각에 몰두하고 있을 때 단목성이 다가와 말을 걸었다. 한순간에 생각의 흐름이 끊긴 서윤이 멋쩍은 미소를 지으며 말했다.

"이것저것 생각 좀 하느라고."

"하, 형님도 답답하겠죠. 다들 그래요. 도대체 뭘 어떻게 해야 할지 갈피를 못 잡고 있다니까요."

단목성은 서윤이 지금의 상황과 적에 대해 생각하는 것으로 착각하고 있었다.

"어쨌든 본 단으로 서찰을 보내 보고했으니 뭔가 조치가 취해지겠지. 일단 우리는 최대한 빨리 상행을 마치는 게 중요해."

"그렇죠. 설마⋯ 적들이 또 나타나지는 않겠죠?"

적들이 이대로 물러나지 않을 거란 건 단목성도 모르지 않았다. 하지만 그랬으면 좋겠다는 바람을 담아 조금이라도 불안감을 몰아내기 위해 한 말이다.

거기에 서윤은 나타나지 않을 거라고, 안심해도 된다고 확실하게 말해줄 수 없는 사실이 안타까웠다.

그러다 보니 폭렬단이 자신을 죽이기 위해 호시탐탐 기회를 노릴 거라는 이야기는 더더욱 할 수가 없었다.

"괜찮겠지. 괜찮아야지, 모두들."

서윤이 굳은 표정으로 말을 모는 사람들을 보며 중얼거렸다.

워낙 짧은 시간에 많은 일을 겪었기 때문일까.

이동하는 중간에도, 쉴 때에도, 밥 먹을 때나 잠잘 때에도 긴장을 풀 수 없었다. 그러다 보니 점차 정신적으로 피로가 쌓여가고 있었다.

틈틈이 서로 호법을 서며 운기를 통해 피로를 몰아내고 있었지만 정신적으로 쌓이기 시작한 피로는 쉽게 가시지 않았다.

목적지는 광동성 불산(佛山).

아직 광서성도 벗어나지 못한 상황에서 갈 길이 먼 그들의 마음속에는 초조함만 더욱 커져가기 시작했다.

상행은 빠르게, 그리고 긴장 속에 계속되었다. 말수가 현저히 줄었고 표정은 굳어 있었다.

그렇게 계속 나아가는 동안 적의 공격은 없었다.

하지만 그들의 은밀함을 알고 있기에 언제 어디서 나타나 공격을 감행할지 알 수 없어 더욱 긴장을 풀 수가 없었다.

하루하루가 흘러 어느덧 상행은 광서성 끝자락인 류천(陸

川)현에 도착했다.

"여기서부터는 수로(水路)를 이용하는 게 좋을 듯합니다."

설궁도가 류천현에 도착한 직후 수로로 이동할 것을 제안했다.

하지만 황보수열은 고개를 저었다.

"천이 넓긴 하지만 강만큼 폭이 넓지는 않습니다. 이 정도 폭이라면 충분히 육지에서 배를 공격할 수 있을 겁니다. 그런 상황이 벌어진다면 오히려 당하는 쪽은 저희들입니다."

황보수열의 말도 일리가 있었다.

하지만 육로는 돌아가는 길이고 수로는 상대적으로 가까운 거리. 배를 이용해 나아간다면 오히려 더 빨리 움직일 수도 있었다.

상행을 빨리 마무리 짓는 것도 중요하지만 황보수열의 입장에서는 적들의 공격을 생각하지 않을 수 없었다.

"흠……."

설궁도도 고민이 되었다.

지금까지 적의 공격은 없었다. 그랬기에 앞으로도 없을 것이라 생각하고 모험을 해보자는 생각이었다.

어차피 상행을 마무리 짓는 것이 최우선 목표였으니까.

도착하는 시간이 늦어지면 늦어질수록 적들에게 쉽게 노출될 수 있을 것이라는 생각이다.

"누군가 옵니다."

그때 서윤이 말했다.

"누가 온다니? 무슨 말인가?"

"오고 있습니다. 제법 많군요."

"뭐?"

아무런 기척도 느껴지지 않는데 적이 온다고 하니 반신반의했지만 서윤의 실력을 알기에 황보수열은 곧장 조원들에게 명령을 내렸다.

"모두 전투 준비!"

황보수열의 외침에 다들 긴장이 역력한 표정으로 전투 준비에 나섰다.

서윤이 기척을 느끼고 반각 정도의 시간이 지나자 제법 많은 수의 인기척이 느껴졌다.

기척이 느껴지기 시작하자 일행이 느끼는 긴장감은 더욱 심해졌다. 하지만 반대로 서윤은 오히려 긴장을 풀며 말했다.

"적이 아닙니다."

"적이 아니라고?"

황보수열이 어떻게 아느냐는 표정으로 서윤을 바라보았다. 그리고 잠시 후, 일행의 눈에 자신들을 향해 빠르게 다가오는 한 무리의 사람들이 들어왔다.

나부끼는 하나의 깃발.

이는 분명 무림맹을 뜻하는 깃발이었다.

"오!"

황보수열이 반가움의 탄성을 내뱉었다. 조원들 역시 깃발을 보자마자 표정이 확연히 밝아졌다.

"본 단에서 조치를 취해준 모양이네. 자네 덕분이야."

황보수열이 서윤을 보며 밝은 목소리로 말했다. 남녕에서 출발해 여기까지 오는 동안 한 번도 밝은 표정을 본 적이 없었는데 지금 이 순간만큼은 굉장히 기뻐하는 것을 보니 서윤도 마음이 조금 편해지는 듯했다.

'전력이 보충되었으니 저들도 쉽게 공격하진 못하겠지.'

폭렬단의 살기나 기척을 느낀 적은 없으나 서윤은 본능적으로 어디선가 호시탐탐 기회를 엿보고 있을 것이라고 생각했다.

그들이 쉽게 공격하지 못하는 것 역시 동료들이 있기 때문이라는 것도 어렵지 않게 짐작할 수 있었다.

그런 상황에서 무림맹에서 지원이 도착했으니 적은 더욱 공격할 기회를 잡기 어려울 것이다.

'물론 기회를 잡는다면야 얼마든지 잡을 수 있겠지만.'

폭렬단의 능력을 생각하면 지금이라도 자신만을 겨냥해 은밀히 공격할 수 있겠지만 당분간은 마음을 놓아도 될 듯했다.

"대륙상단의 상행을 호위하는 의협대 맞는가?"

다가온 무리 중 가장 선두에 선 중년인이 말에서 내리자마자 인행을 돌아보며 물었다. 그러자 황보수열이 앞으로 나섰다.

"예, 제가 의협대 삼조를 이끌고 있는 황보수열입니다."

"그렇군. 난 무림맹 조경(肇慶) 지부 지부장인 감도생(廿都省)이다."

조경 지부 지부장 감도생은 무림맹 내에서도 유명한 사람이다.

구파일방이나 오대세가 같은 명문 무파 출신이 아님에도 광동성 내에서는 손꼽히는 검객으로 이름을 날린 자였다.

부리부리한 눈매와 날카로운 이목구비 때문에 날카롭거나 차가울 것이라는 오해를 많이 받곤 했지만 속정이 깊은 사람이었다.

무림맹에 입맹하고 조경 지부에서만 평생을 지내오고 있는 자였다. 몇 번이고 승진 기회가 있었으나 터전을 버리지 않은, 조금은 독특한 사람으로도 유명했다.

"아, 후배가 감 지부장님을 뵙습니다."

황보수열이 급하게 포권하며 허리를 굽혔다.

"이곳까지 오는 동안 많은 일이 있었다고 들었네."

"예, 그렇습니다. 여기 있는 서윤 덕분에 그 많은 고비를 넘길 수 있었습니다."

황보수열이 감도생에게 서윤을 소개했다.

"서윤입니다."

"자네가 합산 지부 참사 때 함께 있던 자군. 무림맹에 연락도 넣고."

"예, 그렇습니다."

서윤의 말에 감도생이 고개를 끄덕이더니 기억 한쪽에서 무언가를 꺼내 들었다.

"돌아가신 권왕 선배님께 손자 한 명이 있었지. 이름이 서윤으로 기억하고 있는데, 자네가 맞나?"

"맞습니다."

서윤의 대답에 감도생이 미소를 지으며 고개를 끄덕였다.

"대륙상단에서 봤을 때에는 어린 티가 났는데 그때 모습이 많이 사라졌군. 선배님께서 당신만큼이나 훌륭한 손자를 두셨어."

"감사합니다."

감도생의 칭찬에 서윤이 짧게 감사의 말을 전했다.

"다들 고생 많았다. 우리가 불산까지 함께 움직일 것이다. 그때까지는 안심해도 된다."

"와아아!"

감도생의 말에 모두가 자신도 모르게 환호성을 질렀다. 그만큼 지금까지 마음고생이 심했기 때문이다.

하지만 그 순간에도 서윤은 표정의 변화가 없었다.

이럴 때가 가장 위험하다는 것을 이번 임무를 맡아 이곳까지 오는 동안 겪었기 때문이다.

'위기는 끝나지 않았어.'

서윤이 속으로 중얼거렸다.

그러는 사이 조경 지부에서 온 무림맹 무사들이 일행 사이 사이로 섞여들어 갔다.

든든해진 전력과 함께 최종 목적지인 불산까지 이동을 시작했다.

＊　　　＊　　　＊

해가 중천에 올랐다가 기울어지기 시작할 때,

마교주는 여유로운 표정으로 처소에서 책을 읽고 있었다. 이 모습만 보면 치열한 싸움을 앞둔 사람이라고는 전혀 생각할 수 없었다.

"조경 지부에서 지원을 나갔다고 합니다."

그의 수발을 들기 위해 방 안에 함께 있던 여인이 시비가 가져온 종이를 먼저 읽은 뒤 보고하며 건넸다.

그에 마교주는 종이에는 시선도 두지 않고 책에 눈을 고정한 채 입을 열었다.

"그렇군. 시작하라고 해. 기회야 현장에 있는 그 아이들이 더 잘 포착하겠지."

"알겠습니다."

대답한 여인이 다시 방문을 열고 밖에 대기하고 있는 시비에게 무언가를 전달했다.

다시 안으로 들어온 여인이 비어 있는 마교주의 찻잔을 채

워주며 조심스레 물었다.

"만나고 오신 건 어떻게 되었나요?"

그녀의 물음에 마교주가 책에서 눈을 떼고 슬쩍 그녀를 쳐다보았다.

"더 일찍 물어볼 줄 알았는데."

"먼저 얘기해 주실 줄 알았죠."

그녀의 대답에 미소 지은 마교주가 다시 책으로 시선을 돌리며 입을 열었다.

"재능은 있어 보이지만 거기까지더군. 아직 어려. 여유도 없고. 더 성장할 여지는 있지만 그전에 죽겠지."

"결국 벽은 없는 거네요."

"하하하!"

그녀의 말에 마교주가 웃음을 터뜨렸다.

"구파일방과 오대세가, 그리고 무림맹을 너무 무시하는 것 아닌가?"

"어차피 저들은 눈과 귀가 멀어가고 있어요. 모르고 있을 때만큼 공략하기 쉬운 때가 없으니까요."

"공부 좀 한 모양이군. 예전에는 이런 이야기를 나눌 생각도 못했는데."

"할 기회가 없었을 뿐 모르는 건 아니었답니다."

마교주의 말에 여인이 조금은 뾰로통한 목소리로 대답했다.

"하하! 알았다. 말한 것처럼 큰 벽은 없다고 봐도 무방하겠지. 다만, 말했듯 구파일방이 본격적으로 움직이기 시작하면 어려워질 거야. 그전까지 최대한 은밀하게 손발을 잘라놔야 해."

"지금처럼만 하면 되겠죠."

그녀의 말에 마교주가 차를 한 모금 마시고는 중얼거렸다.

"그렇지. 지금처럼만······."

마교주의 입가에 미소가 번졌다.

＊　　　＊　　　＊

조경 지부 무인들이 합류했기 때문일까, 일행의 표정이 한 껏 밝아져 있었다. 하지만 단 한 사람, 서윤만은 시종일관 무표정했다.

"왜 그래요?"

설시연이 서윤 바로 옆에서 말을 몰며 물었다. 그녀 역시 든든한 지원군 덕에 마음 편히 이동 중이었다.

"아닙니다."

"아닌 게 아닌 것 같아서 묻는 거예요."

설시연의 물음에 서윤이 작게 한숨을 쉬며 생각하고 있는 걸 털어놓았다.

"뭔가 불안해서 그렇습니다. 놓친 게 있는 것 같아서요."

그렇게 말하며 서윤이 인상을 찌푸렸다.

딱 꼬집어 무엇이 이상하다고 말할 수는 없지만 마음 한구석이 계속해서 걸렸다.

'뭘까? 뭐지? 도대체 뭐가?'

조경 지부 무인들과 합류한 이후 서윤은 계속해서 지금까지 있던 일을 되새김질했다.

하지만 그럼에도 무엇을 놓쳤는지 찾을 수가 없었다.

"지금까지 너무 힘든 일을 겪어서 그래요. 무림에 몸담은 사람 중 이렇게 짧은 시간에 그 많은 일을 겪은 사람은 아마 손에 꼽힐 거예요. 이젠 큰 걱정 안 해도 되니 긴장 풀어요."

설시연의 말에 서윤도 고개를 끄덕였다.

'그래, 내가 너무 예민한 거겠지.'

예민할 수밖에 없었다.

소귀와의 싸움, 그리고 합산 지부에서의 싸움까지.

서윤은 다른 조원들보다 더 많은 싸움을 했고 위기를 넘겨 왔다.

거기에 마교주와 직접 독대도 하지 않았는가?

그렇다 보니 다른 조원들보다 더 긴장하고 더 지칠 수밖에 없었다.

서윤은 고개를 끄덕였다.

그래서 그런 거라고 스스로를 다독이면서.

조경 지부 무인들과 합류한 지 사흘째 되는 날.

광서성을 떠나 광동성으로 넘어갔다. 다른 성으로 넘어간 것뿐이지만 왠지 모르게 적의 추격에서 벗어난 것 같은 안도감이 들었다.

그만큼 광서성을 지나오는 동안 많은 고생을 했기 때문이리라.

그런 기분은 서윤 역시 마찬가지였다.

지난 사흘 동안 설시연은 서윤의 곁에서 그의 마음을 편안하게 하기 위해 여러 가지 이야기를 했다. 그중에서도 가장 효과가 큰 것은 무공에 대한 이야기를 할 때였다.

상행을 따라나서기 전까지의 서윤의 움직임을 떠올리고 그것을 어의제룡검에 녹이기 위해 부단히 노력해 왔기 때문에 서윤과의 대화는 설시연에게도 큰 도움이 되었다.

서윤 역시 설시연과 대화를 나누며 어렴풋하게 느끼고 있는 것들을 조금이나마 정리할 수 있었다.

다른 쪽에 신경 쓸 것이 생기니 자연스럽게 걱정이나 긴장은 많이 줄어든 상태였다. 게다가 지금까지도 그러긴 했지만 사흘 동안 적의 공격이 없는 것도 안정화에 한몫했다.

평화는 광동성에 들어선 이후에도 계속되었다.

광서성과의 경계에서 코앞으로 다가온 운부(雲浮)현까지의 거리는 약 이틀거리.

하지만 그동안에도 적의 공격은 없었다.

거기에 아직까지 광동성은 적의 공격을 받은 곳이 없다는 감도생의 이야기도 들었다.

그 덕분에 일행 중 몇몇은 간간이 콧노래까지 흥얼거릴 정도로 지금의 여유를 즐기고 있었다.

운부현은 제법 규모가 컸다.

대도시만큼은 아니지만 상당히 많은 사람이 기거하고 있었고 상권 역시 크게 자리 잡고 있었다.

비록 대륙상단의 지부가 있는 것은 아니었지만 충분히 상단이나 상회에서 관심을 가질 만한 규모의 상권이었다. 실제로 운부현에 들어선 이후 설궁도의 눈이 초롱초롱하게 빛나고 있었다.

'역시 상인은 상인이군.'

서윤이 잔뜩 상기된 표정의 설궁도를 보며 피식 웃었다. 그러자 옆에 있던 설시연이 고개를 돌렸다.

"왜요?"

"형님 표정이 꼭 선물 기다리는 아이 같아서 말입니다."

그제야 설시연도 설궁도 쪽으로 시선을 돌렸다. 서윤의 말처럼 어린아이 같은 표정에 설시연도 웃음을 터뜨렸다.

두 사람의 그런 반응을 못 알아차린 설궁도는 연신 주변을 두리번거리고 있었다.

"날도 점점 어두워지기 시작하는데 오늘은 이곳에서 묵고 가는 게 어떻겠나?"

"저보다는 이쪽 소상주님께 여쭙는 게 맞을 듯합니다."

감도생의 물음에 황보수열이 설궁도를 바라보며 물었다. 이곳 운부현의 상권을 좀 더 살펴보고 싶은 설궁도의 입장에서는 마다할 이유가 없었다.

"저야 당연히 찬성입니다."

설궁도의 대답에 고개를 끄덕인 감도생이 수하 한 명을 쳐다보았다. 그러자 눈이 마주친 수하가 곧장 일행이 머무를 객점을 찾기 위해 사라졌다.

일각 정도 흐른 뒤 객점을 찾으러 갔던 수하가 돌아왔다. 가까운 곳에 있는 객점 하나를 통째로 빌렸다는 이야기와 함께.

그 소리에 일행은 수하의 안내를 받아 객점으로 발걸음을 옮겼다.

때마침 저녁 식사 시간이 되어 일행은 저마다 방에 짐을 풀고 일 층으로 모였다.

류천현 이후로 계속해서 노숙을 해온 탓에 제대로 된 음식을 먹을 수 없던 일행은 오랜만에 음식다운 음식을 먹을 수 있다는 생각에 한껏 들뜬 표정이었다.

미리 주문을 해놓았는지 금세 음식이 나오기 시작했다.

입맛을 돋우는 향기에 다들 음식에서 시선을 떼지 못했다.

그 모습을 본 감도생이 미소를 짓더니 입을 열었다.

"다들 먹지."

그 말이 떨어지기가 무섭게 젓가락이 움직이기 시작했다. 음식 나오는 속도가 느린 편이 아니었는데도 먹는 속도를 따라가지 못할 정도였다.

서윤 역시 오랜만에 맛보는 맛있는 음식에 쉬지 않고 젓가락을 움직이고 있었다.

그중에서도 가장 빠르게 젓가락을 움직이는 사람이 있었으니 다름 아닌 설궁도였다.

사실 설궁도는 짐을 풀자마자 마을 상가들을 돌아볼 생각이었으나 배고픔을 이기지 못하고 남았다.

해가 떨어지기 시작하면 문을 닫는 상가가 많기에 서둘러 배를 채우고 돌아다녀 볼 생각에 허겁지겁 음식을 먹기 시작했다.

오죽하면 맞은편에 앉은 설시연이 천천히 좀 먹으라며 찻잔을 들이밀 정도였다.

"그럼 전 먼저 일어나겠습니다."

서둘러 식사를 마친 설궁도가 양해를 구하며 자리에서 일어났다. 한 식경도 채 되지 않았는데 아직 한참 음식을 먹고 있던 대륙상단의 무사 한 명은 울상이 되었다.

설궁도 혼자 돌아다니게 할 수는 없는 노릇.

오늘 설궁도의 호위로 당첨되었으니 이만 젓가락을 놓고 자리에서 일어나야 했다.

그런 그를 안됐다는 표정으로 바라보던 동료 무사들은 이내 시선을 거두고 젓가락질에 집중하기 시작했다.

"여러 가지 많이 파는군. 이런 상권이 있는데 우리는 왜 몰랐지?"

설궁도는 마을을 돌아다니며 감탄을 쏟아냈다. 생각한 것보다 다양한 것들을 팔고 있었고, 이 정도면 유통되는 자금역시 상당할 것이라는 판단이 섰기 때문이다.

음식을 다 먹지 못해 울상이던 호위 역시 상단의 무사답게설궁도를 따라다닌 지 얼마 되지 않아서부터는 똑같이 감탄하는 눈빛으로 주변을 돌아보고 있었다.

그렇게 얼마나 돌아다녔을까.

주변은 완전히 어두워졌고, 문을 연 상가보다 문을 닫은 상가가 더 많아진 상태였다.

그나마 불빛이 새어 나오는 곳도 문 닫을 준비를 하거나 술을 파는 주점 정도였다.

"어느 정도 봤으니 돌아가지. 상단으로 돌아가는 길에 한번 더 둘러보고 복귀해서 아버지께 말씀드려야겠어."

그렇게 말한 설궁도는 몸을 돌려 몇 걸음 걷다가 다시 발걸음을 멈추었다.

"왜 그러십니까?"

뒤를 따르던 호위가 발걸음을 멈춘 설궁도에게 물었다. 그러자 심각한 표정의 설궁도가 말했다.

"무슨 소리 들리지 않는가?"

"예?"

아무 소리도 듣지 못한 호위가 입을 다문 채 가만히 귀를 기울였다. 하지만 상인들이 가게 정리하는 소리 외에 다른 소리는 들리지 않았다.

"잘못 들은 건가?"

그렇게 중얼거린 설궁도가 다시 발걸음을 옮기려 했다. 하지만 이번에는 호위가 움직이지 않았다.

"소상주님, 제 말 잘 들으십시오."

"왜 그러는가?"

심각한 호위의 목소리에 설궁도가 불안한 표정으로 물었다. 그러자 호위가 입을 열었다.

"지금 즉시 객점으로……."

호위의 말이 채 끝나기도 전에 뒤쪽에서 빠르게 누군가가 다가오는 소리가 들렸다.

"뛰십시오!"

호위가 외침과 동시에 설궁도는 객점이 있는 방향으로 냅다 뛰기 시작했다.

설궁도를 먼저 보낸 호위는 곧장 검을 뽑아 들며 휘둘렀다.

까아앙!

경쾌한 금속음이 들림과 동시에 호위가 뒤로 다섯 장 정도 밀려났다. 용케 검을 놓치지는 않았지만 손아귀가 찢어질 듯

한 강한 충격이었다.

"크르르르!"

괴한의 입에서 이상한 소리가 흘러나왔다. 사람의 목소리가 아닌 짐승의 으르렁거림에 더 가까운 소리였다.

'사람이 아닌가?'

외양은 사람이었으나 사람이 아닌 듯했다.

'한 명인가? 당해낼 수 있을지 모르겠군.'

호위가 속으로 중얼거리며 검을 고쳐 잡을 때, 괴한의 등 뒤로 비슷한 자들이 여럿 나타났다.

"하아!"

호위는 깊은 한숨을 내쉬었다. 그리고 그의 얼굴 위로 죽음의 그림자가 짙게 드리워지기 시작했다.

*   *   *

객점의 분위기는 밝았다.

오랜만에 배부르게 식사를 마친 사람들은 쉬러 올라가지 않고 술자리를 만들었다.

소림 승려인 천보를 제외한 다른 사람들은 적당히 취한 상태로 웃고 떠들며 이야기꽃을 피우고 있었다.

"음?"

그때 서윤이 표정을 굳히며 고개를 들었다. 그리고 얼마 후

감도생 역시 고개를 들었다.

그쯤 되자 객점 안에 있는 사람들 대부분의 표정이 딱딱하게 굳었다. 그리고 모두가 내력을 이용해 술기운을 몰아내었다.

밖에서 느껴지는 심상치 않은 기운에 긴장한 서윤의 뇌리에 설궁도가 떠올랐다.

"형님?"

서윤이 자리를 박차고 일어났고, 설시연 역시 함께 객점을 뛰쳐나갔다.

"다들 바로 전투 준비 하도록. 준비가 되는 대로 나를 따른다."

감도생의 말에 모두가 자리에서 일어났다. 검을 사용하는 조경 지부 무인 중 몇몇은 검을 가지러 방으로 뛰어올라 갔다.

"여기까지……."

감도생이 으스러질 듯 주먹을 움켜쥐며 중얼거렸다.

객점을 나온 서윤은 속도를 높였다.

호위 한 명만 데리고 나간 설궁도였다. 이 정도 기운을 뿜어내는 적이라면, 그리고 적이 한 명이 아니라면 설궁도는 위험했다.

설시연 역시 그것을 잘 알고 있기에 초조한 기색이 역력한 표정으로 서윤의 뒤를 따라 달리고 있었다.

"형님!"

서윤이 어둠 속에서 설궁도의 모습을 발견하고 소리쳤다. 처음 적과 마주치고부터 지금까지 쉬지 않고 달려온 탓에 숨이 턱까지 차오른 모습이다.

"헉헉! 헉!"

서윤의 앞에 선 설궁도가 거친 숨을 몰아쉬며 그 자리에 주저앉았다.

"누이, 형님을 부탁합니다. 얼른 객점으로 모시고 가세요."

"알았어요. 금방 올게요. 조심해요."

설시연의 말에 고개를 끄덕인 서윤은 짙은 어둠 속을 응시했다.

천천히 다가오는 다섯 명의 괴한.

눈빛은 흐렸고 입에서는 괴성이 흘러나오고 있었으나 몸에서 뿜어져 나오는 기운은 가공할 수준이었다.

'이거였나?'

조경 지부 무인들과 합류한 이후 계속해서 느끼던 불안감의 원인을 지금 눈앞에서 찾고 있었다.

"사람이 아니군. 괴물이야."

서윤이 중얼거렸다. 듣지 못하는 것인지 아니면 듣고도 인지를 못하는 것인지는 모르겠지만 그들은 개의치 않고 계속해서 다가오고 있었다.

"먼저 간다."

파밧!

서윤이 땅을 차고 쏘아져 나갔다.

어느새 서윤의 주먹에는 풍령신공의 진기가 가득 담겨 있었다.

꽝!

서윤의 주먹이 가장 앞에 있는 괴한의 몸에 꽂혔다. 진기와 진기가 만나 폭음이 터졌지만 괴한은 조금도 충격을 받지 않은 듯했다.

오히려 서윤의 공격을 받고도 곧바로 역공을 취해 왔다.

'헛!'

괴한의 주먹이 빠르게 뻗어왔다. 주먹에서 느껴지는 묵직한 기운에 서윤은 헛바람을 들이켜며 얼른 뒤로 물러섰다.

부웅!

아슬아슬하게 서윤의 코앞을 지나가는 주먹.

맞지 않았음에도 가공할 위력에 서윤의 코에서 피가 터져 흘렀다.

서윤이 소매를 들어 흐르는 코피를 닦았다.

"뭐야, 이것들?"

서윤이 중얼거렸다. 그러는 사이 괴한들이 속도를 높여 움직이기 시작했다.

포위하려는 듯 빠르게 움직이는 적들.

하지만 그들이 포위하도록 가만있을 서윤이 아니었다.

쾌풍보를 이용해 그들의 포위망을 벗어남과 동시에 공격을 감행했다.

쿠와앙!

용이 울음을 토해내는 듯한 소리와 함께 서윤의 주먹이 뻗어나갔다.

그것을 보며 마주쳐 오는 괴한.

순간 눈을 빛낸 서윤은 출수한 초식에 진기를 더했다.

강한 풍압이 진기를 싣고 괴한의 전신을 덮쳐 갔다. 그러는 사이 서윤은 연이어 또 다른 초식을 펼쳐 냈다.

콰콰쾅!

연달아 세 개의 초식을 두들겨 맞은 괴한이 비틀거렸다.

첫 번째 공격에 비하면 어느 정도 효과는 있었지만 치명타를 입히지는 못했다.

어처구니없다는 표정을 짓는 서윤을 향해 다른 괴한들이 공격을 시작했다.

어찌 보면 무식한 하지만 결코 무시할 수 없는 공격이 연이어 날아들었다.

쾌풍보를 이용해 그들의 범위에서 벗어나려 했으나 상승의 보법과 함께 달려드는 그들의 공격을 피해내기에는 역부족이었다.

'깨주마!'

서윤이 진기를 더욱 끌어 올리며 앞으로 쏘아졌다.

사 초식 격풍류운부터 오 초식 백룡인풍(白龍引風), 육 초식 건룡초풍까지 연이어 펼쳐졌다.

엄청난 기파가 주변을 휩쓸며 퍼져 나갔고, 그 때문에 길가에 정리되어 있던 노점들이 박살 났다.

꽈과과광!

네 명의 괴한이 펼친 공격과 서윤이 펼친 초식이 강하게 충돌했다.

그 여파로 서윤이 뒤로 주르륵 밀렸다.

버텨보려 했지만 상대의 공격이 워낙 강했다.

"큭!"

중심을 잡고 움직이려던 서윤이 통증에 신음을 내뱉었다. 마지막으로 뻗은 주먹이 왼쪽이었는데 강한 반탄력에 다친 어깨에 무리가 간 것이다.

다행히 어깨가 빠지거나 뼈에 이상이 있는 건 아닌 듯했다.

살짝 어깨를 돌려본 서윤이 인상을 찌푸렸다. 심하진 않았지만 움직이자 뻐근하고 찌릿한 통증이 밀려온 것이다.

하지만 그렇다고 가만히 있을 수는 없었다.

서윤의 공격에 역시나 어느 정도 충격을 받아 흐트러졌던 괴한들이 다시금 서윤을 향해 돌진했다.

서윤은 일단 쾌풍보를 이용해 거리를 벌렸다.

혼자서는 승산이 없는 상황.

동료들이 올 때까지 시간을 끌며 버텨야 했다.

서윤은 상대의 움직임과 공격에 집중하며 진기를 쾌풍보를 펼치는 데에만 활용했다.

공격을 함께 할 때보다 더 경쾌한 발놀림으로 어렵게나마 괴한들의 공격을 피해내고 있었다.

서윤의 집중력은 그 어느 때보다 높았다.

마영방주를 상대할 때에도, 탁곤과 소귀를 상대할 때에도 이 정도는 아니었다. 폭렬단주와 싸울 때에는 이성보다는 분노가 앞서 있었다.

하지만 지금은 달랐다.

사람이지만 사람이 아닌 자와의 싸움.

자신의 공격이 큰 효과를 거두지 못하는 상황.

까딱하면 순식간에 목숨을 잃을 수도 있는 여러 가지 요소가 겹쳐 서윤으로 하여금 최고의 집중력을 발휘하게 만들었다.

그렇게 얼마나 쾌풍보를 펼쳤을까.

상대의 공격에 집중하고 쾌풍보를 펼치던 서윤은 어느 순간부턴가 이상한 것을 느끼기 시작했다.

상대하기 어려울 것만 같던 괴한들의 공격을 피하는 것이 수월해진 것이다.

정확히 말하면 그들의 공격에 절대 당하지 않을 것 같은 기분이 들었다.

익숙해졌기 때문에? 아니었다.

그들의 공격이 느려진 것인지 아니면 자신이 빨라진 것인지는 알 수 없었지만 서윤의 시야에 보이는 괴한들의 움직임이 굼뜨게만 느껴졌다.

겨우 그들의 움직임을 볼 수 있는 칠흑 같은 어둠.

그런 환경이 서윤의 감각을 극대화시켰고, 그것이 지금 서윤으로 하여금 새로운 경험을 하게 만들었다.

오감이 극도로 예민해진 상황.

서윤은 점점 더 그 감각에 빠져들기 시작했다.

그때였다.

"실혼인이다! 섣불리 공격하지 말도록! 관절을 노려! 뭉쳐서 공격한다!"

감도생의 목소리가 들려왔다.

그리고 그 목소리는 서윤으로 하여금 그 '감각'에서 깨어나게 만들었다.

'아⋯⋯.'

서윤은 진한 아쉬움을 느꼈다.

하지만 그것도 잠시, 감각에서 빠져나옴과 동시에 괴한들의 움직임이 원래대로 빨라졌다.

파박!

서윤이 땅을 차고 뒤로 물러섰다.

위력적인 공격을 가까스로 피한 서윤은 다시금 진기를 끌어 올렸다.

이젠 피하지 않는다.

동료들이 있으니 반격할 차례였다.

서윤이 앞으로 쏘아졌다.

그리고 그와 동시에 황보수열을 비롯한 의협대 대원들과 감도생을 필두로 한 조경 지부 무인들, 설시연이 괴한들을 향해 달려들었다.

온전한 정신이 아님에도 위험하다는 것은 인지했을까.

괴한들이 후퇴하기 시작했다.

"어딜!"

서윤이 더욱 속도를 높였다.

그리고 끌어 올린 진기를 주먹에 모아 앞쪽으로 터뜨렸다.

쿠와아아앙!

용이 실재한다면 그 포효 소리가 이러할까.

서윤의 주먹에서 엄청난 소리가 터짐과 동시에 가공할 위력의 진기가 쏘아져 나갔다.

폭렬단과의 전투에서 처음으로 펼쳐 본 광풍난무의 초식.

하지만 그때와는 달랐다.

많은 양의 진기에 풍절비룡권의 묘리를 응용해 위력을 배가시키던 그때와 달리 지금의 광풍난무는 순수하게 서윤 자신이 가진 진기만을 활용해 펼쳐 낸 것이다.

광풍이 후퇴하는 괴한들을 휩쓸었다.

다섯 중 셋은 용케 몸을 피했으나 둘은 그러지 못했다.

광풍이 쓸고 지나간 자리에 괴한 둘이 넝마가 되어 널브러졌다.

서윤의 뒤쪽에서 괴한들을 향해 달려들던 무인들은 그 자리에 멈춰 선 채 벌어진 입을 다물지 못했다.

실혼인들이 넝마가 된 것도 놀랄 일인데 그 뒤로 펼쳐진 참상은 더욱 믿기지 못할 정도였다.

실제 태풍이 지나간 듯 도로와 건물들이 난장판이 되어 있었다.

다행히 민가가 아닌 상가가 있는 지역이라 사람들이 없는 것이 다행이었다. 그나마 있던 사람들도 서윤과 실혼인들의 싸움이 펼쳐진 직후 모두 비명을 지르며 도망친 상태였다.

모두가 충격에 휩싸였다.

그리고 감도생 역시 예외는 아닌 듯 몸을 부르르 떨고 있었다.

"후우……."

서윤은 깊은 한숨을 내쉬었다.

광풍난무를 펼치는 바람에 대량으로 빠져나간 진기가 천천히 채워지고 있었다.

'이것이… 광풍난무!'

아직 완벽한 것은 아니지만 완벽에 가까운 광풍난무를 펼쳤음을 서윤은 느낄 수 있었다.

그리고 그것이 실혼인들의 공격을 피하며 느낀 그 감각 때문이라는 것도 알 수 있었다.

'무엇이었을까, 그 감각은?'

서윤은 다시금 아까 느낀 그 감각을 떠올렸다.

처음 느껴보는 감각.

기회가 된다면 다시 한 번 느껴보고 싶은 그런 감각이었다.

털썩.

서윤이 주저앉았다.

그러자 놀란 설시연이 재빨리 달려왔다.

"괜찮아요? 어디 다친 거예요?"

"아닙니다. 힘들어서 그래요. 다들 늦게 오는 바람에 고생했다고요."

서윤이 미소를 지으며 말했다.

그제야 안심한 설시연도 마주 미소를 지어 보였다.

그때까지도 서윤은 자신이 상단전의 세계를 살짝 들여다보았다는 것을 알지 못했다.

밤은 그렇게 깊어가고 있었다.

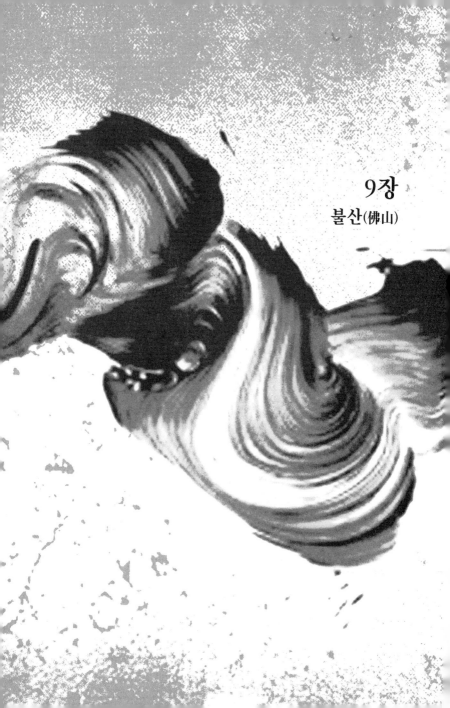

9장
불산(佛山)

風神徐聞
풍신서윤

    객점으로 돌아온 서윤은 곧장 설궁도의 상태부터 살폈다.
처음 만났을 때에는 워낙 다급한 상황이었기에 제대로 살필
겨를이 없었다.

    다행히 지친 것 빼고는 다친 곳 없이 무사한 것을 확인하고
서야 인상을 찌푸렸다.

    "괜찮다면서요. 어디 다친 거예요?"

    설시연이 인상을 찌푸리는 서윤을 보며 걱정스럽게 물었다.
그러자 서윤이 괜찮다는 듯 고개를 젓고는 둥을 보며 말했다.

    "어깨를 움직일 때마다 좀 불편합니다."

    "어디 보죠."

동의 말에 서윤이 의자에 앉았다. 그러자 동이 어깨 이곳저
곳을 만져 보며 상태를 물었다.

"여기 누르면 아프십니까?"

"조금."

"여기는요?"

"거긴 안 아픕니다."

그렇게 어깨 몇 군데를 눌러보던 동이 걱정 말라는 듯 말했
다.

"큰 충격 때문에 순간적으로 어깨에 무리가 간 겁니다. 크
게 다치거나 한 건 아니니 며칠 지나면 괜찮을 겁니다. 그래
도 혹시 모르니 천으로 고정시켜 놓죠."

동의 말에 그제야 설시연도 안심했다.

자신의 짐을 뒤적거리던 동이 기다란 천을 꺼내왔다. 그러
고는 설시연을 바라보았다.

"왜요?"

"옷 위에 천을 두를 순 없지 않을까요?"

"아……."

그제야 서윤이 상의를 벗어야 한다는 것을 알아차린 설시
연이 얼굴을 붉히며 방을 나섰다.

방문을 닫고 일 층으로 발걸음을 옮기던 설시연이 잠시 멈
춰 서더니 방 쪽을 바라보며 중얼거렸다.

"처음 보는 것도 아닌데……."

왠지 모르게 아쉬움이 묻어나는 말투로 중얼거린 설시연은 다시 일 층으로 발걸음을 옮겼다.

다음 날, 모든 것이 원래대로 되돌아왔다.

잠을 자고 일어난 일행은 아무 일도 없었다는 듯 일 층으로 내려와 식사를 하기 시작했다.

하지만 객점 주인의 입장에서는 긴장할 수밖에 없었다.

무림맹 사람들인 걸 알고 있으니 목숨 잃을 일은 없다 하나 어쨌든 간밤에 마을 일부를 박살 낸 사람들이다.

지금의 표정은 이렇게 온화할 수 있을까 싶지만 한순간에 어떻게 변할지 모를 일이었다.

그런 자들이 객점을 통째로 빌리고 있으니 긴장할 수밖에.

객점 주인의 마음을 눈치챘는지 일행은 최대한 말과 행동을 조심하기 위해 노력하고 있었다.

부서진 건물 등 마을의 피해에 대해서는 대륙상단과 무림맹이 반씩 지불하기로 설궁도와 감도생 사이에 합의가 있었다.

문제는 피해 규모를 파악하고 대표자와 합의를 하는 것인데 상행이 급한 만큼 시간을 오래 지체할 수 없었다.

설궁도와 감도생이 그 문제를 가지고 이야기를 나누는 사이, 서윤은 황보수열 등 조원들과 함께 간밤에 있던 일에 대해 대화를 나누고 있었다.

"실혼인이라니……."

황보수열은 아직도 서윤의 무위보다는 실혼인의 등장이 가져다준 충격이 더 큰 듯했다.

"실혼인이라는 게 뭡니까?"

아직 무림의 지식이 얇은 서윤이 물었다. 그에 대한 대답은 단목성이 해주었다.

"그건 산 사람에게 어떤 대법을 펼쳐 이성을 마비시키고 극강의 신체와 막강한 무위를 발현하게 만든 괴물이에요. 아주 오래전에 등장했다가 그 이후에는 나타난 적이 없다고 하던데……."

"산 사람에게?"

서윤이 깜짝 놀랐다. 어떻게 산 사람에게 그런 짓을 한단 말인가?

"사람을 죽이는 것보다 더 심한 짓 아닙니까?"

서윤이 격양된 목소리로 말했다. 아무리 생각해도 절대 용서할 수 없는 것이었다.

"물론 그렇지. 지금은 어떻게 실혼인을 만드는지 모르겠지만 과거에 등장했을 때에는 대부분 납치한 무인들이었다네. 잘은 모르지만 지금도 별반 다르지 않을까 하네."

황보수열의 말에 서윤은 자신도 모르게 주먹을 움켜쥐었다.

"아무튼 문제는 그것뿐만이 아닙니다. 어제 봐서 알겠지만 실혼인은 말 그대로 괴물입니다. 어지간한 공격으로는 그들에게 생채기 하나 낼 수 없지요. 아마 여기 있는 사람들 중에서도 실혼인 한 명을 제대로 당해낼 수 있는 사람은 없을 겁니다."

물론 천보가 말한 '여기 있는 사람들'에서 서윤은 빠져 있었다. 흥분을 가라앉힌 서윤도 그 부분은 인정한다는 듯 고개를 끄덕였다.

'나도 장담 못한다.'

서윤은 어제 자신이 펼친 광풍난무를 떠올렸다. 펼치기는 했지만 그것은 어디까지나 운이 더 크게 작용했다고 생각하는 서윤이었다.

다시 한 번 실혼인과 마주친다면 이긴다고 장담할 수 없었다. 아직은 광풍난무를 단 한 번 펼친 것에 만족할 수밖에 없었다.

"실혼인이 등장했다는 것은 저들이 제대로 움직이겠다는 신호일지도 모릅니다."

천보의 말에 분위기가 굉장히 무거워졌다.

전날 서윤의 초식을 지켜본 조원들은 희망과 함께 더할 나위 없는 든든함을 느끼고 있었다.

하지만 천보의 말을 듣고 있으니 앞이 캄캄하기만 했다.

"실혼인은 누가 만든 걸까요? 역시 마교일까요?"

무거운 분위기를 뚫고 서윤이 질문을 던졌다.

"내가 알기로 마교에는 실혼인을 만드는 대법이 없는 것으로 알고 있네. 군이 실혼인을 만들지 않아도 마교의 힘은 막강하니까. 기억하기로는… 음귀곡(陰鬼谷)이었던 것 같은데……."

"음귀곡이라……. 녹림이 다시 활동을 시작했듯 음귀곡 역시 그런 것이라면……."

"그런 것이라면 마도 전체가 기지개를 켜기 시작했다고 봐도 무방할 것이네. 그것이 아니라면 음귀곡이 마교에 통합되었을지도 모르지."

황보수열의 가설에 제법 많은 사람이 고개를 끄덕였다. 무서운 이야기였지만 충분히 가능성 있는 말이었다.

"마교에 녹림, 음귀곡까지……. 난장판이구나, 난장판."

단목성이 한숨 섞인 목소리로 말했다.

하지만 언제는 그러지 않았던가.

적이 있고 갈등이 있으면 난세가 도래하는 것을.

함께 자리하고 있는 모두의 얼굴에 그늘이 드리워졌다.

피해를 입은 마을에 대한 보상은 상행이 끝나는 대로 돌아와 처리하는 것으로 결정이 났다.

설궁도와 감도생이 직접 관으로 찾아가 전후 사정을 설명했고, 관에서 그것을 받아들인 것이다. 대신 상행이 끝나고 다시 이곳으로 돌아올 때까지 관에서 피해 규모 등에 대한 파악을 끝내 놓기로 했다.

다치거나 목숨을 잃은 사람은 없다 하나 그들이 입은 재물에 대한 보상과 한동안 생계가 어렵다는 것을 생각하면 결코 적은 액수는 아닐 것이다.

대륙상단과 무림맹이 아무리 재정적으로 탄탄하다 하나 분명 부담이 갈 수밖에 없었다.

그렇다고 마을을 구했다며 모른 척 넘어갈 수도 없는 노릇이기에 감수할 수밖에 없었다.

그렇게 마을의 일을 처리하고 어제까지와 달리 다들 무거운 분위기 속에서 다시 불산으로 발걸음을 재촉했다.

＊　　　＊　　　＊

종리혁의 얼굴이 붉어져 있다.

술을 마셔 취기가 올랐다거나 몸이 좋지 않아 열이 있는 것이 아니었다.

분노. 치밀어 오르는 분노를 억지로 참다 보니 얼굴이 붉어진 것이다.

그의 분노가 폭발하기 직전인 집무실 안.

그곳에는 몇몇 사람이 자리하고 있었다. 한 명은 군사인 제갈공이고, 다른 사람들은 급하게 전갈을 받고 모인 각 문파의 장문인들과 가주들이었다.

제갈공의 이야기를 듣는 내내 종리혁뿐만 아니라 각 파의 수장들까지도 당혹스러움을 감추지 못하고 있었다.

　　"따라서 지금까지 해를 입은 중소 문파의 수는 전체의 약 육 할에 달합니다."

　　"육 할!"

　　종리혁이 결국 분노를 터뜨렸다. 그의 몸에서 뿜어져 나오는 기도는 그가 왜 무림맹의 맹주인지를 잘 보여주고 있었다.

　　"맹주! 참으시오!"

　　화산파 장문인인 범진자(範進子)가 종리혁을 다독이고 나섰다. 어느 상황에서도 냉철함을 유지하기로 정평이 나 있는 그였다.

　　하지만 종리혁의 화를 가라앉히기에는 부족했다.

　　"도대체 무림맹이 어쩌다 이 지경이 되었단 말입니까! 이건 마치 까막눈이 책을 보고 있는 형국 아닙니까! 적들이 활개 치고 있는데 어찌 이리 당하고만!"

　　"녹림의 힘이 이 정도까지 될 줄 누가 알았겠소? 녹림이 활개 치기 시작하면서 무림맹의 지부들까지도 속수무책으로 당했는데."

　　범진자의 말은 불길이 치솟는 종리혁의 가슴에 기름을 붓는 격이었다.

　　"그게 말이 되는 소립니까? 무림맹 지부가 하나씩 나가떨어지는 동안에도 아는 것이 아무것도 없었습니다! 좋습니다. 백

번 양보해 그들이 마치 귀신처럼 은밀해 당하기만 했다고 치죠. 그럼 구파는 뭘 했습니까? 본산에 틀어박혀 방관만 하지 않았습니까?"

"하지만 아직 적들이 몸체를 다 드러내지 않은 상황이다 보니……."

공동파 장문인인 막사명(莫思銘)이 내뱉은 말은 실수였다.

"본산에 틀어박혀 저들이 나타나기만을 기다리다가 다 죽은 다음에야 나타나실 생각이셨습니까?!"

"어허! 맹주, 말이 지나치시오! 여기 있는 사람들 모두 맹주보다 배분이……."

"지금… 배분이라 하셨습니까?"

종리혁의 목소리가 가라앉았다. 하지만 그렇다고 분노까지 가라앉은 것은 아니었다.

그의 몸에서 조금 전보다 더욱 지독한 기도가 뿜어져 나오기 시작했다.

장문인들과 가주들이 몸을 떨기 시작했다.

구파가 아님에도, 오대세가가 아님에도 종리혁이 맹주가 될 수 있던 것은 막강한 무위에 있었다.

비록 권왕과 검왕을 넘어서지는 못했다 하나 종리혁의 무위 역시 결코 만만히 볼 수 없는, 아니, 그 두 사람에 버금가는 수준이었다.

"맹주님, 지금은 지나간 일 가지고 화를 낼 때가 아닙니다.

앞으로 어떻게 할 것인지 대책을 세워야 합니다."

제갈공이 나서며 종리혁의 화를 누그러뜨리려 했다. 그러자 이번엔 종리혁이 제갈공을 바라보며 말했다.

"계책이 있으면 말해보시오. 지금까지 군사의 명성에 금만 갔으니 제대로 된 계책을 마련해야 할 것이오."

종리혁의 말에 제갈공이 침을 삼켰다. 그러고는 조심스레 입을 열었다.

"일단 녹림부터 치십시오. 지금은 준전시 상황이 아니라 전시 상황으로 봐야 합니다, 아주 다급한. 겉으로 드러난 적은 녹림입니다. 녹림부터 치면 몸통이 나서겠지요."

제갈공의 말에 청성파 장문인 냉추엽이 나섰다.

"그러십시다, 맹주. 일단 저 빌어먹을 녹림부터 처리하고 봅시다!"

냉추엽의 말을 시작으로 다른 장문인들과 가주들도 그에 동조하고 나섰다.

벌써부터 자신들은 얼마의 병력을 보내겠다는 식의 이야기를 하고 있었다.

종리혁은 그런 그들을 한심스럽게 바라보았다.

'이러니 당하는 것이다, 이러니까. 하, 누굴 탓하겠느냐. 나부터가 문제이거늘.'

종리혁이 깊은 한숨을 내쉬었다.

"흩어지지 마! 뭉쳐!"

황보수열의 입에서 다급한 외침이 터져 나왔다. 그 주변에서는 서윤이 종횡무진 돌아다니며 적들을 쳐내고 있었다.

설시연과 감도생 등은 상단 사람들을 보호하며 검을 휘두르고 있었다.

은밀하게 다가온 적들의 기습이 발생한 지 반 시진쯤 지났을까.

신호와 함께 적들이 퇴각하기 시작했다.

결코 만만히 볼 수 없는 무위를 지닌 적들이었기에 이렇게 퇴각하는 것이 의아했지만 쫓지 않았다.

이런 상황에서 흩어지는 건 되레 크게 당할 위험이 더 크기 때문이었다.

"피해를 파악하도록!"

"의협대는 사상자가 없습니다!"

단목성의 대답에 황보수열이 서윤 쪽으로 시선을 돌렸다. 서윤 역시 별다른 이상은 없는 듯 보였다.

하지만 설궁도의 표정이 밝지 않았다.

설시연과 감도생, 그리고 조경 지부 무인들이 최선을 다했지만 상단 무인 세 명이 목숨을 잃은 것이다.

"젠장!"

황보수열이 낮게 중얼거렸다.

비단 황보수열뿐만 아니라 다른 사람들 역시 분통이 터진 다는 표정이었다.

"벌써 몇 번째야!"

운부현을 떠나온 지 닷새째.

이런 식의 기습이 이어진 것이 무려 일곱 차례였다.

마치 상단 무인들만 집중적으로 공략하듯 두세 명의 목숨을 앗은 뒤에는 빠지기 일쑤였다.

마음 같아서는 뒤쫓고 싶었으나 그러기엔 또 다른 기습의 위험성이 있어 그러지 못했다.

게다가 기습을 감행한 적들의 무위도 결코 낮게 볼 수 없었다. 개개인의 무위는 폭렬단보다 낮을지 몰라도 정공이 아닌 살수의 것에 가까운 무공을 사용하다 보니 더욱 까다로웠다.

특히나 의협대 같은 경우에는 아직 경험이 많지 않은 자들로 구성되어 있다 보니 더욱 버거울 수밖에 없었다.

만약 서윤이 아니었다면 벌써 여럿 죽어 나갔을지도 모를 정도로 위험한 상황이 많았다.

"후……."

서윤이 한숨을 쉬었다.

몸이 힘들고 지치는 것은 둘째 치고 광서성을 지나올 때보다 최근 닷새가 정신적으로 더욱 힘들었다.

설궁도는 정신적으로 무너지기 직전이었다.

시간, 장소를 가리지 않는 기습에 목숨을 잃은 수하가 열 명이 넘었다.

상단을 떠나올 때 따라나선 숫자에서 최근 닷새 동안에만 반절에 가까운 숫자가 줄어든 것이다.

'이대로 포기해야 하나?'

그런 생각까지 할 정도로 설궁도는 힘들어하고 있었다. 어려서부터 설군우를 따라 상행을 나섰다고는 하지만 그 역시도 아직은 좀 더 경험을 쌓아야 할 젊은이에 불과했다.

하지만 이대로 상행을 포기한다 해도 섬서성까지 돌아가는 것도 문제였다.

그 먼 곳까지 가는 동안 또 얼마나 많은 공격이 있을 것인가. 그것을 감당해 낼 자신이 없었다.

앞으로 나아가는 것도 힘들지만 되돌아가는 것이 더 힘들 것 같아 억지로 상행을 계속하고 있는 설궁도였다.

만약 설시연이나 서윤이 없었다면 진작 그 자리에 주저앉았을지도 몰랐다.

"서둘러 수습하도록. 불산까지 얼마 남지 않았다."

설궁도를 대신해 감도생이 수하들에게 시신 수습을 맡겼다. 그러고는 걱정스런 표정으로 설궁도에게 다가갔다.

"괜찮으시오?"

"예, 괜찮습니다."

설궁도가 억지로 대답했다. 그러자 곁에 있던 설시연이 그를 부축하며 말했다.

"아무래도 안 되겠어요. 오라버니는 당분간 마차를 타고 가는 게 좋겠어요."

설궁도에게 마차를 권한 것도 한두 번이 아니었다. 하지만 그때마다 설궁도는 고개를 저었고 지금도 마찬가지였다.

힘든 기색이 역력한데도 마차에 타지 않겠다고 고집을 부렸다.

하지만 설시연도 이번에는 고집을 꺾지 않았다.

"안 돼요. 이러다가 정말 큰일 나요. 오라버니는 앞으로 상단을 이끌어갈 사람이라고요. 이렇게 주저앉을 거예요?"

"주저앉아선 안 되기 때문에 타지 않겠다는 게야."

설궁도의 말에 설시연이 답답하다는 듯 말했다.

"휘어지지 못하면 부러진다고요! 버티는 것에도 한계가 있지. 몸도 정신도 많이 힘든 상태잖아요. 쉬어야 해요."

설시연이 계속해서 설궁도를 설득했다. 하지만 설궁도 역시 상단의 소상주 기질 때문인지 계속해서 고집을 부렸다.

"난 안 탈……."

어느새 나타난 서윤이 설궁도의 혼혈을 짚었다. 그렇게라도 하지 않으면 답이 없을 것 같았기 때문이다.

"형님은 제가 모시겠습니다."

"부탁해요."

서윤에게 설궁도를 맡긴 설시연이 걱정스런 표정으로 두 사람을 바라보더니 이내 깊은 한숨을 내쉬었다.

그녀 역시 힘든 건 마찬가지였다.

하지만 무의 길을 걷기로 한 이상 이 정도는 각오한 일이었다. 그녀는 자신의 손으로 사람을 죽이는 경험까지 하지 않았는가.

그녀 역시도 설궁도와 서윤이 없었다면 버티기 힘들었을 것이다. 그나마 서윤이 꿋꿋하게 잘 버텨주고 있고 설궁도도 힘겹게나마 버티고 있었기에 여기까지 올 수 있었다.

하지만 이 이상 가다가 설궁도가 무너져 버리기라도 한다면 그녀도 무너져 버릴 것 같아 억지로라도 설궁도를 마차에 태우려 한 것이다.

"권왕 선배님도 그렇고 검왕 선배님까지 손자 손녀를 아주 잘 두셨군. 힘들 텐데 용케 버티고 있습니다."

감도생이 설시연에게 말했다. 설시연은 무림맹 소속이 아니기 때문에 감도생이 무림의 선배였지만 존대를 하고 있었다.

"버텨야죠. 각오한 길이니까요."

그렇게 말한 설시연이 다시 마차 쪽으로 시선을 돌렸다. 설궁도를 마차 안에 눕힌 서윤이 다가오고 있다.

"서두르죠. 이렇게 된 이상 빨리 가는 게 좋을 것 같습니다."

"이렇게 해서 불산에 도착한다 한들 위기가 끝나는 것도 아닌데……."

"호위를 할 때와 호위가 끝난 다음엔 다르죠. 그때부턴 우리도 반격입니다."

그렇게 말한 서윤이 주먹을 몇 차례 쥐었다 폈다. 그 모습을 감도생이 물끄러미 바라보았다.

혼혈을 짊었기 때문인지, 아니면 지금까지 쌓인 정신적 피로가 컸기 때문인지 설궁도는 깨어나지 않고 이틀을 잤다.

식사도 계속해서 거르고 있었기에 내심 걱정이 된 설시연이지만, 동이 주기적으로 설궁도의 상태를 확인하고 있었기에 크게 불안해하지는 않았다.

마차 옆에서 말을 몰던 설시연이 슬쩍 뒤를 돌아보았다.

뒤쪽에서는 서윤이 조원들과 대화를 나누며 말을 몰고 있다. 예전이었으면 말을 타는 동안에 다른 것을 할 생각도 못했는데 지금은 많이 적응한 상태였다.

조원들과 나누는 대화의 대부분은 무공에 관한 것이었다.

특히나 단목성 같은 막내 급의 조원들은 서윤에게 바짝 달라붙어 작은 것 하나라도 얻어내려는 모습을 보였다.

크게 관심 없는 척했지만 다른 조원들도 적정한 거리를 유지하며 서윤이 하는 이야기에 귀를 기울이고 있었다.

사실 처음 단목성 등이 이것저것 물어볼 때만 해도 서윤은 굉장히 민망해했다.

자신의 실력이 누군가를 가르칠 수 있는 수준이 아니라는 생각 때문이었다. 정확히 말하면 무학이라는 것을 논할 수준이 아니라는 생각이었다.

서윤은 풍령신공과 풍절비룡권, 쾌풍보 등 신도장천의 무공에 대한 것만 파고들었다.

넓은 의미에서 무공이라는 것을 생각하기보다는 풍절비룡권의 초식, 풍령신공의 운용 등 좁은 범위의 것들만 생각하다 보니 누군가에게 가르침을 줄 정도의 수준이 아니었던 것이다.

하지만 점차 조금씩 무공에 대한 것들을 주고받다 보니 서윤의 머릿속에 있는 무학의 범위 역시 조금씩 넓어지고 있었다.

그런 서윤을 보며 설시연은 씁쓸한 미소를 지었다.

시간이 지날수록 서윤과의 격차가 벌어지는 것만 같았다. 수련을 시작하고 얼마 지나지 않아 설백이 실종되었다는 건 이제 핑계에 불과했다.

상행을 시작한 이후로도 서윤은 계속해서 성장하고 있지 않는가.

'그런 게 재능일까?'

노력은 본인도 누구에게도 뒤지지 않을 정도로 하고 있다고 자부했다.

서윤 역시 피나는 노력을 했을 것이다.

하지만 근래 들어 서윤의 성장을 보면 재능이라는 말로밖에 설명할 길이 없었다.

부러움, 아쉬움, 질투 등이 뒤섞인 설시연의 시선을 보지 못한 서윤은 여전히 무공에 대한 이야기를 나누는 데 열중하고 있었다.

"일어나셨습니까?"

그때, 마차 안에서 동의 목소리가 들려왔다. 설궁도가 깨어난 모양이다.

그 소리에 설시연이 마차 가까이로 붙어 안을 들여다보았다.

"오라버니, 괜찮아요?"

"푹 자고 났더니 좀 낫구나. 그간 별일 없었느냐?"

"예, 아무 일 없었어요."

"다행이구나."

안심하는 표정으로 고개를 끄덕인 설궁도가 인상을 찌푸리며 머리를 매만졌다. 그러자 동이 재빨리 입을 열었다.

"억지로 오랜 시간 수면에 들어 그런 것이니 시간이 좀 지나면 괜찮아질 겁니다."

설시연이 걱정도 하기 전에 동이 먼저 나서서 설명한 덕분에 설시연은 미소를 지었다.

"내가 얼마나 잔 게냐?"

"이틀 조금 더 지났어요."

"그래서 그렇구나."

"네?"

설궁도의 말에 설시연이 무슨 소리냐는 듯 물었다.

"밥 좀 다오."

그제야 설시연은 그가 이틀 동안 아무것도 먹지 못했다는 걸 기억하고는 웃으며 말했다.

"알았어요. 이제 곧 식사 때니까 얘기해 둘게요."

그렇게 말한 설시연이 말을 몰아 앞쪽으로 향했다. 지금 현재 실질적으로 일행을 이끌고 있는 건 감도생이었다.

"오라버니가 깨어나셨어요."

"아, 그렇습니까? 다행이군요."

"이틀간 아무것도 못 드셔서 그런지 배고프다고 하시네요. 적당한 곳에서 쉬어 갔으면 하는데……."

조심스러운 설시연의 말에 감도생이 웃으며 말했다.

"안 그래도 수하를 시켜 적당한 곳을 찾아보라고 했습니다. 곧 준비될 겁니다."

"감사합니다."

감도생의 말에 설시연이 고개를 숙이며 말하고는 다시 뒤쪽으로 말을 몰았다. 그리고 감도생은 지금까지처럼 말없이 일행을 이끌고 말을 몰았다.

한 식경 정도 더 가자 여럿이 쉴 수 있을 만한 공간이 나왔다. 넉넉한 공간은 아니어 편히 쉴 정도는 아니었지만 충분히

한 끼 식사를 할 수 있는 정도는 되었다.

이틀을 굶은 설궁도는 세 그릇이나 먹고 나서야 젓가락을 놓았다.

마음 같아서는 더 먹고 싶었지만 더 이상 들어갈 공간이 그의 배에는 남아 있질 않았다.

"배불리 드셨습니까, 형님?"

나올 대로 나온 배를 두들기고 있는 설궁도에게 서윤이 다가왔다. 그러자 설궁도가 웃으며 고개를 끄덕였다.

"덕분에 잘 자고 잘 먹었네."

"죄송합니다."

서윤이 억지로 그의 혼혈을 짚어 잠들게 만든 것을 사과했다.

"아니야. 아우가 그렇게라도 했으니 망정이지 안 그랬으면 난 아마 주저앉고 말았을 게야. 고맙네."

설궁도는 서윤에게 진심으로 고마워하고 있었다. 그의 말처럼 제정신이 아닌 상태로 겨우 버티고 있었다.

하지만 그것도 설궁도였기 때문에 가능했다.

어려서부터 상행을 따라다니며 많은 것을 경험했고 앞으로 상단을 이끌어야 한다는 사명감과 책임감이 남달랐기 때문이다.

상행을 함께 하면서 곁에서 본 설궁도의 그런 모습은 시윤으로 하여금 존경심마저 갖게 만들 정도였다.

만약 설궁도가 아니었다면 진작 정신이 무너지고도 남지 않았을까 하는 생각이 들었다.

"괜찮으시니 다행입니다. 불산도 거의 다 왔고 적의 기습도 없으니 마음 놓으셔도 됩니다."

"하아……."

서윤의 말에 설궁도가 한숨을 내쉬었다.

"왜 그러십니까?"

"불산에 도착해도 걱정이네. 섬서성까지 다시 돌아가는 것도 문제야. 그 먼 길을 또 어떻게 가야 할지."

설궁도의 걱정은 이틀 전 설시연이 하던 걱정과 같았다.

"걱정 마십시오, 형님."

서윤은 길게 말하지 않았다. 설궁도가 서윤을 물끄러미 바라보았다.

굳은 의지가 보이는 얼굴.

보는 사람으로 하여금 든든함을 느끼게 하는 표정이다.

'어리고 여리기만하던 아우였는데 어느새 이렇게 성장했구나.'

서윤이 설궁도를 지켜보면서 감탄했듯 설궁도 역시 서윤을 보며 새삼 놀라고 있었다.

어려서부터 봐오고 힘든 시기를 겪어서 그런지 항상 신경 써야 할 것 같고 챙겨줘야 할 것 같은 동생이었다.

친동생인 설시연보다도 더 어린 탓에 그랬을지도 몰랐다.

하지만 지금 보니 오히려 자신과 동생이 기대도 될 정도로 듬직한 모습이지 않은가.

"그래, 걱정 않겠네."

설궁도가 웃으며 대답하자 서윤도 마주 미소를 지었다.

설궁도가 깨어나고 사흘이 더 지났다.

그동안에도 적의 기습은 없었다. 외진 곳보다는 넓은 관도와 마을을 지나왔기 때문인지도 몰랐다.

불산은 광동성의 성도인 광주(廣州)와 인접한 곳인 만큼 오가는 사람들이 많았다.

실제로 불산에 가까워질수록 마주치는 사람들의 숫자도 늘어갔다.

"사람이 늘어나는군요."

"아무래도 성도와 가까운 지역이니까. 게다가 불산에는 제법 유명한 문파도 있고."

"문파도 있습니까?"

서윤의 물음에 감도생이 웃으며 대답했다.

"있지. 한 곳이 아니라네. 중간 정도 규모의 문파가 세 곳이나 모여 있다네."

"좁은 곳에 세 개의 문파가?"

"그렇다네. 얼핏 그렇게 되면 갈등이 생기기 쉬울 거라 생각하겠지만 그들은 똘똘 뭉쳐 있다네."

"그렇군요."

"불산에 도착하거든 한번 들러보는 것도 좋겠지. 그들 모두 권을 잘 쓰는 문파거든. 물론 검법을 주로 사용하긴 하지만."

감도생의 말에 서윤이 눈을 빛냈다.

안 그래도 최근 조원들과 대화를 나누면서 다른 무공에 대한 관심이 부쩍 늘어나 있었다.

'도착하면 한번 들러봐야겠어. 다른 무공에 대한 경험, 지금은 그게 필요해.'

무공이 아닌 무학으로의 전진.

또 한 번 성장을 바라보는 서윤이었다.

"불산이다!"

단목성이 소리쳤다.

그 소리가 얼마나 컸는지 주변을 지나가는 불산 사람들이 이상한 눈으로 쳐다봤다.

"아, 왜 부끄러움은 우리의 몫이란 말인가!"

곁에 있던 위지강이 고개를 돌리며 말했다. 그러자 일행 사이에서 웃음이 터져 나왔다.

"왜? 왜! 넌 안 기쁘냐? 안 기뻐?"

"기뻐도 너처럼 촌놈 행세는 안 한다."

"뭐, 촌놈?"

위지강의 말에 단목성이 더욱 가까이 붙으며 묻자 위지강이 질색을 하며 앞쪽으로 말을 몰았다.

두 막내의 익살스런 모습에 분위기가 밝아졌다.

설궁도의 표정도 조금은 밝아진 듯했다.

지부가 있는 곳.

마치 고향에 온 듯 마음이 편안해지는 것을 느꼈다.

게다가 많은 이가 목숨을 잃기는 했으나 무사히 도착했다
는 사실에 안도감을 느꼈다.

"불산이네요, 오라버니."

"그래. 상행을 하면서 이런 감정을 느껴보는 것도 처음인
듯하구나."

"이런 경험을 한 사람이 몇이나 되겠어요. 오라버니는 잘 이
겨낼 수 있을 거라 믿어요."

"그래, 고맙구나."

설궁도가 미소를 짓는 사이 앞쪽에서 한 무리의 사람이 다
가오고 있었다.

나부끼는 대륙상단의 깃발.

대륙상단 불산 지부의 사람들이었다.

깃발을 보는 순간 설궁도의 표정이 더욱 밝아졌다.

대륙상단 사람들을 이끌고 제일 앞에서 달려오는 사람이
있다.

백발이 성성한 노인.

딱 봐도 대륙상단에 오랜 시간 몸담았다는 것을 알 수 있

었다.

"황노(黃老)!"

설궁도가 황노를 발견하고 반가운 마음에 소리쳤다.

대륙상단에 오랜 시간 몸담고 있는 자로서 대륙상단 무인들의 무공을 봐주는 교두 같은 역할도 하던 자다.

나이가 나이인지라 고향으로 내려가고 싶다는 청을 올려 결국 이곳 불산 지부까지 내려와 여생을 보내고 있었다.

하지만 대륙상단에서의 경력으로 보나 무위로 보나 불산 지부에 있는 그 누구보다 월등한 황노였기에 실질적으로는 여생을 보내기보다는 일선에서 뛰고 있는 것이나 다름없었다.

비장한 표정으로 수하들을 이끌고 다가오던 황노가 설궁도와 설시연의 얼굴을 보고는 마치 죄를 지은 사람의 그것과 같은 표정을 지었다.

"소상주님, 죄송합니다! 이 늙은이가 모셨어야 하거늘!"

가까이 다가오자마자 황노가 무릎을 꿇고 고개를 숙인 채 소리쳤다. 얼마나 죄송스러워하는지 옆에서 보는 사람이 다 몸 둘 바를 몰라 할 정도였다.

"그만 일어나십시오, 황노."

설궁도가 황노를 일으켜 세웠다. 하지만 황노는 차마 설궁도의 얼굴을 제대로 보지 못했다.

"비록 동료들을 잃었지만 이렇게 무사히 오지 않았습니까? 이렇게라도 올 수 있던 건 여기 있는 이분들 덕분입니다."

설궁도가 무림맹 사람들을 바라보며 말했다. 그러자 황노가 앞으로 나섰다.

"소상주님과 아가씨를 무사히 모시고 와주셔서 정말 감사합니다! 이 늙은이가 해야 할 일을 대신 해주셔서 뭐라 감사의 말씀을 드려야 할지 모르겠습니다."

황노가 포권하며 말했다. 그의 말 한마디, 행동 하나하나에서 대륙상단에 대한 충성심이 얼마나 큰지 느낄 수 있었다.

"무림맹 조경 지부 감도생입니다. 어르신의 위명은 많이 들었습니다."

"아! 감 대협이시군요. 감사합니다, 감사합니다!"

황노는 감도생의 손을 잡고 연신 감사하다고 말했다.

"저 혼자 한 일도 아니고 모두가 힘을 합해 한 일입니다. 또한 해야 할 일이기도 합니다."

감도생이 미소를 지으며 말했다.

"황노, 소개해 줄 사람이 있습니다."

설궁도가 황노를 불렀다. 설궁도의 말에 황노가 즉각 반응을 보이며 고개를 돌렸다.

"서윤입니다. 종조부님의 손자입니다."

설궁도의 말에 황노가 두 눈을 크게 떴다. 서윤의 존재는 대륙상단의 전 지부에 퍼져 있었다. 대륙상단에서 오랜 시간을 보낸 만큼 황노 역시 신도장전과 진분이 있는 사람 중 한 명이었다.

"아이고! 도련님!"

황노가 서윤에게 다가와 손을 덥석 잡았다. 그리고는 닭똥 같은 눈물을 뚝뚝 흘리기 시작했다.

"어르신의 부고는 들었습니다. 이 늙은이가 찾아가 뵙지 못해 항상 죄송스러운 마음을 가지고 있었는데 이렇게 도련님을 뵙습니다."

서윤의 손을 꼭 쥐고 눈물을 흘리며 말하는 그를 보고 있자니 가슴 뭉클해지는 무언가가 있었다.

"황노, 이제 그만 가죠. 다들 먼 길 오느라 고생해 피곤한 상태입니다. 빨리 가서 쉬시게 해야죠."

"아! 예, 예, 알겠습니다. 따라오시지요."

황노가 얼른 앞장서라며 수하들을 닦달했다. 그런 황노의 호들갑이 함께 자리하고 있는 사람들 눈에 그리 나쁘게 보이지 않았다.

아니, 정겹게 느껴졌다.

그렇게 우여곡절 많던 대륙상단의 상행도 그 끝을 향해 가고 있었다.

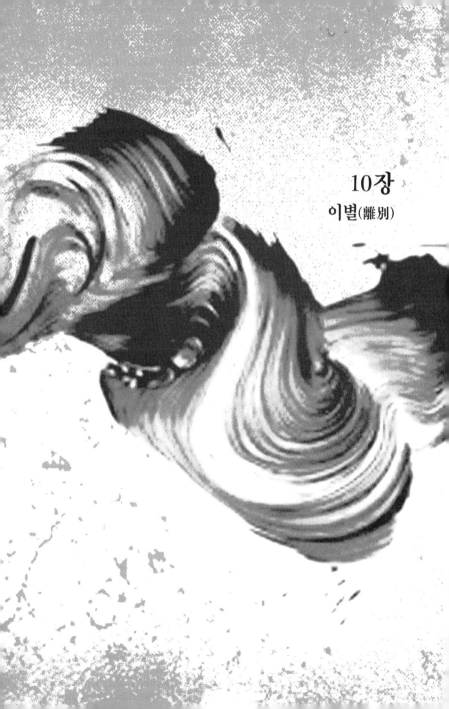

10장
이별(離別)

風神徐闓
풍신서윤

“알려야 해……. 알려야 해…….”

한 치 앞도 볼 수 없는 짙은 어둠 속에서 기력이 쇠한 듯 겨우 짜낸 목소리가 흘러나왔다.

힘겹게 어둠을 뚫고 허공을 친 그 말에 대답하는 이는 아무도 없었다.

*   *   *

대륙상단 불산 지부는 분주함 속에 활기가 넘쳤다.

오는 동안 충격적인 일들이 있었지만 사람들은 힘든 감정을 최대한 드러내지 않고 밝게 웃으려 노력했다.

점심 식사를 마치고 본격적으로 짐을 옮기기 시작하면서 상단 사람들을 제외한 무림맹 사람들은 할 일이 없어졌다.

그에 다들 오랜만에 휴식을 취할 수 있었다.

쉬는 모습도 각양각색이었다. 잠을 자는 사람도 있고, 작정하고 대주천의 경로로 운기를 하는 사람도 있었으며, 지부 안에 있는 작은 연무장에 모여 가볍게 몸을 푸는 사람들도 있었다.

다들 모처럼의 여유를 만끽하는 사이, 서윤은 황보수열과 천보, 감도생과 함께 자리하고 있었다.

앞으로의 일정과 관련된 이야기를 나누는 자리였지만 서윤도 자리를 함께하고 있었다.

비록 지위는 의협대 일개 조원에 불과했지만 그가 지금까지 보여준 무위와 존재감 때문에 다른 사람들도 서윤의 의견을 무시하기가 어려웠다.

"일단 고비를 넘기고 나니 다른 조가 걱정입니다."

황보수열이 무거운 목소리로 말했다.

"아무래도 제법 피해를 입었을지도 모르네. 아직까지 다른 조의 소식은 전해지지 않고 있지만 다른 조에는 없고 이쪽에는 있는 특별한 무기가 하나 있지 않은가."

그렇게 말하며 감도생이 서윤을 바라보았다. 확실히 지금 이 순간 서윤은 삼조가 내세울 수 있는 가장 강력한 무기였다.

"맹에서 다른 지침은 없었습니까?"

"내가 지부를 떠나올 때에는 자네들을 도우라는 이야기 외에 다른 지침은 없었네. 그 이후 상황은 지부에 가봐야 알 수 있을 것 같네."

"흠……."

감도생의 말에 황보수열이 고개를 끄덕였다.

"그럼 일단 설 시주의 일정도 확인해야 할 듯합니다. 어쨌든 중간까지는 함께 이동해야 할 듯하니."

"그건 제가 확인해 보겠습니다."

천보의 말에 서윤이 나섰다. 그에 황보수열도 고개를 끄덕였다.

"어쨌든 오늘 하루는 푹 쉬지. 오늘 출발할 일은 없을 듯하니."

감도생의 말에 모두가 자리에서 일어나 준비된 방으로 발걸음을 옮겼다.

서윤은 방이 아닌 설궁도가 있는 곳으로 발걸음을 옮겼다. 아까 이야기한 일정에 관련된 부분을 물어보기 위함이었다.

지부 사람들에게 물어 설궁도가 있는 곳에 도착한 서윤은 난감한 표정을 지었다.

감녕에서 가져온 물건들을 확인하고 옮기는 작업이 한창이었는데 설궁도 역시 정신없이 돌아다니고 있었다.

'저녁때 물어보지, 뭐.'

당장 급한 것은 아니었기에 서윤은 그대로 몸을 돌렸다. 방으로 돌아가던 서윤은 문득 감도생이 이야기한 문파들이 생각났다.

'오늘 바로 가볼까?'

호기심이 동한 서윤은 지체하지 않고 처소가 아닌 다른 곳으로 발걸음을 옮겼다.

다름 아닌 설시연의 방이었다.

"누이, 계십니까?"

문 앞에서 서윤이 안쪽으로 기별을 넣었다. 하지만 아무런 기척도 들리지 않았다.

'없나?'

혼자 가는 것보다는 함께 가는 것이 나을 것 같아 찾아왔건만 방에 없어 아쉬운 표정을 지으며 서윤은 몸을 돌렸다.

하지만 얼마 가지 않아 방으로 돌아오는 설시연과 마주쳤다.

"아, 누이!"

서윤이 반가워하자 설시연이 무슨 일이냐는 듯 쳐다보았다.

"지금 바쁩니까?"

"아니요. 왜요?"

"그럼 나랑 어디 좀 갑시다."

"어딜 가려고요?"

"오는 길에 불산에 제법 유명한 문파 세 곳이 있다고 들었습니다. 거기에 한번 들러볼까 하고요."

"문파요? 아, 저는 어디에 있는지 잘 모르는데. 아마 황노에게 물어보면 될 거예요. 가요."

설시연도 흥미가 돋는 모양이다. 곧장 서윤의 팔을 잡아끌며 황노가 있는 곳으로 발걸음을 옮겼다.

황노는 설궁도와 달리 옮겨온 물건들을 분류하는 쪽에 있었다.

"그건 이쪽에! 정신 안 차리느냐!"

황노의 쩌렁쩌렁한 목소리가 넓은 창고 가득 울려 퍼졌다. 조심스럽게 창고 쪽으로 다가간 설시연이 조용히 황노를 불렀다.

"황노."

"아니, 아가씨, 여기까지는 어쩐 일이십니까?"

뒤쪽에서 들린 목소리에 고개를 돌린 황노가 고개를 빠끔히 내밀고 있는 설시연을 보고는 놀라며 창고 밖으로 나왔다.

"많이 바빠요?"

"예, 조금 바쁩니다만, 무슨 일이십니까?"

"불산에 문파 세 곳이 있다고 들었어요. 한번 가볼까 하는데 길을 몰라서……."

"예, 있지요. 그런데 그곳에는 왜……."

황노의 물음에 설시연이 뒤쪽에 서 있는 서윤을 바라보았다. 그제야 황노는 서윤도 그 자리에 있다는 걸 알았다.

'반박귀진에 가까운 경지구나. 제법 경지에 올랐어. 역시 권왕 선배님의 손자란 말인가!'

그런 생각을 하고 있을 때 서윤이 입을 열었다.

"그 문파들의 무공을 견식하고 싶습니다."

"어째서입니까? 권왕 선배님의 진전을 이었다면 그 무공만으로도 천하를 호령할 수 있을 터인데."

황노의 물음에 서윤이 고개를 저었다.

"저는 경험이 너무 없습니다. 할아버지의 무공과 누이의 무공 외에 다른 걸 경험해 본 적이 없지요. 그렇다 보니 무공에 대한 생각의 폭이 너무 좁습니다. 그걸 넓히고자 합니다. 황노의 말씀대로 할아버지의 무공이 천하를 호령할 무공이라면 저역시 천하를 바라볼 수 있는 폭을 갖춰야 하지 않겠습니까?"

서윤의 말에 놀란 것은 황노뿐만이 아니었다. 설시연 역시 놀란 표정이다.

그런 생각을 하고 있는 줄 몰랐던 것이다.

하지만 서윤은 오래전부터 그런 생각을 해왔다. 탁곤과 마주친 이후부터 그런 생각이 꿈틀거렸고, 합산에서의 일을 겪은 후로는 더욱 강하게 들었다.

이곳까지 오면서 여러 차례 싸움이 있었지만 어쩌다 보니 서윤은 일대일의 전투를 벌인 적이 더 많았다.

그렇다 보니 어쩌면 가장 유사할 수 있는 조원들의 무공을 견식할 수가 없었다.

그런 고민이 이어지는 찰나, 감도생으로부터 불산에 있는 문파에 대한 이야기를 들었다.

서윤에게 그 이야기는 고민을 어느 정도 덜 수 있는 단비와도 같았다.

'성장인가, 아니면 단순한 팽창인가. 아니야, 권왕 선배님의 진전을 이었다면 그릇이 다르겠지.'

생각을 정리한 황노가 미소를 지으며 말했다.

"어린 도련님인 줄 알았는데 아니었군요. 역시 권왕 선배님의 손자는 뭔가 달라도 다른 모양입니다."

황노의 말에 서윤이 옅은 미소를 지었다.

"그래서 황노, 어디로 가야 돼요?"

"저는 바빠서 몸을 빼기 어려우니 사람 하나를 붙여 드리겠습니다. 이곳 지리에 훤한 사람이니 잘 모실 겁니다."

"고마워요."

설시연이 웃으며 대답했다. 그러자 황노가 창고 안쪽을 바라보더니 누군가를 불렀다.

"바쁜데 괜히 저희가 일손을 빼가는 건 아닌지 모르겠습니다."

서윤이 미안한 마음에 말했다. 그러자 황노가 웃으며 고개를 저었다.

"도련님과 아가씨 일보다 중요한 일은 없지요."

그러는 사이 창고 안에서 젊은 청년이 옷에 묻은 먼지를 털어내며 나왔다.

"무슨 일이십니까?"

"여기 두 분 모시고 신월파(新月派)와 영문파(迎門派), 장홍파(長紅派)를 한번 돌고 오너라."

"예? 세 곳을 다요?"

"왜, 싫으냐?"

황노가 청년에게 눈을 부릅뜨며 물었다. 그러자 청년이 강아지 꼬리 말 듯 고개를 숙였다.

"아니에요. 어차피 가까운 곳에 모여 있다고 들었어요. 가장 가까운 한 곳까지만 안내해 주면 돼요."

설시연의 말에 청년이 고개를 끄덕였다. 그러고는 앞장서서 걷기 시작했다.

"잘 모셔, 이놈아!"

"알았다고요!"

툴툴거리며 대답한 청년이 또 혼날까 봐 두려운지 빠른 걸음으로 걸어갔다. 서윤과 설시연은 미소를 지으며 황노에게 인사하고 서둘러 청년의 뒤를 쫓았다.

불산 지부와 가장 가까이에 있는 문파는 신월파였다. 찾아가는 길이 심할 정도로 복잡한 것은 아니었지만 초행자가 듣기만 하고 찾아가려다가는 헤맬 수도 있을 듯했다.

"여기가 신월팝니다."

청년이 신월파의 정문을 가리키며 말했다.

신월파의 규모는 그리 크지 않았다.

길을 안내한 청년 오동(梧桐)의 말로는 백 명 조금 넘는 수준이라고 했다.

하지만 거주하는 사람보다 유동인구가 더 많은 불산을 생각하면 생각보다는 큰 규모라고 할 수 있었다.

"무슨 일로 오셨습니까?"

정문을 지키고 있던 신월파 무사 중 한 명이 물어왔다. 그에 설시연이 나서려 했으나 서윤이 조금 더 빨랐다.

"이번에 대륙상단의 상행을 호위하고 온 무림맹 의협대 소속 서윤이라고 합니다. 불산에 유명한 문파 세 곳이 있다 하여 무공을 좀 견식하고자 왔습니다."

서윤의 말에 무사가 살짝 인상을 찌푸렸다. 그리고 정문을 지키고 있는 나머지 무사들은 어이없다는 표정을 지었다.

무림맹에 있는 부대를 전부 다 알기는 어렵겠지만 의협대는 들어본 적도 없고 서윤이라는 이름은 더더욱 들어본 적이 없었다.

그런데 다짜고짜 무공을 견식하러 찾아왔다니.

"저희 신월파는, 아니, 이곳 불산에 있는 문파는 외인을 들이지 않습니다."

돌아가라는 뜻이다. 하지만 서윤은 물러나지 않았다.

"그럼 문주님께 이야기라도 전해주십시오. 권왕 신도장천의 손자와 검왕 설백의 손녀가 찾아왔다고."

그러자 무사들이 눈을 크게 떴다.

사실 무림맹이라는 이야기에도 내심 놀란 것은 사실이나 워낙 세상이 흉흉한 탓에 들어본 적 없는 부대와 이름을 내

세우니 의심을 했다.

하지만 권왕과 검왕의 이름까지 등장한다면 이야기는 달라질 수밖에 없었다.

서윤과 이야기를 나눈 무사가 두 사람을 데리고 온 오동 쪽으로 시선을 돌렸다.

"거기 너, 몇 번 본 적이 있다. 대륙상단에서 일하고 있나?"

"예, 예, 그렇습니다."

오동도 적지 않게 충격을 받은 듯했다. 사실 황노가 공손히 대할 때에는 그냥 그러려니 했는데 설마 서윤이 권왕의 손자일 줄은 꿈에도 생각지 못한 것이다.

"이분은 확실히 대륙상단의 장녀가 맞습니다. 그리고 이분이 권왕님의 손자라는 건 저도 방금 안 사실인지라……."

함께 온 여성이 검왕의 손녀인 것이 확실하다면 눈앞에 있는 서윤도 권왕 신도장천의 손자일 가능성이 높았다.

아니, 확실하다고 봐도 무방했다.

"잠시 기다리십시오."

그리고는 무사가 곧장 신월파 안으로 들어갔다.

"제법인데요?"

설시연이 서윤에게 조용히 말을 건넸다. 오늘 이곳에 데려온 것도 신원을 증명하기 위해 그런 것인 줄 알았는데 먼저 나서서 자신을 밝히는 것을 보니 왠지 모르게 흐뭇했다.

"굳이 할아버지를 밝히지 않을 이유가 없다는 생각이 들었습니다. 앞으로 당당하게 얘기하려고요. 신도장천의 손자가 나라고. 그분의 진전을 이는 자가 여기 있다고."

그렇게 말하는 서윤의 모습이 설시연의 눈에 평소보다 더 커 보였다.

신월파 장문인인 유대호(劉大虎)는 출타 준비에 한창이었다. 오늘은 세 문파의 장문인이 회합이 있는 날이었기 때문이다.

가까이에 있는 만큼 서로 갈등을 일으키기보다는 화합하고 협력하자는 뜻에서 특별한 일이 없어도 한 번씩 모여 대화를 나누는 날을 만든 것이다.

"문주님, 손님이 찾아왔습니다."

밖에서 들린 수하의 목소리에 유대호가 살짝 인상을 찌푸렸다.

"오늘이 무슨 날인지 잊었느냐? 다음에 다시 찾아오라 전하거라."

하지만 그럼에도 밖에 서 있는 수하가 물러나는 기척이 느껴지지 않자 유대호는 살짝 짜증이 일었다.

"듣지 못했느냐?"

"저… 찾아온 사람들이 그냥 돌려보낼 사람은 아닌 듯합니다."

그에 한숨을 푹 내쉰 유대호가 처소 문을 거칠게 열며 물었다.

"도대체 누군데 그러느냐?"

"권왕의 손자와 검왕의 손녀랍니다."

수하의 입에서 권왕이라는 이름이 나오는 순간 유대호의 눈이 커지기 시작하더니 검왕의 이름까지 나오자 눈이 튀어나올 듯 커졌다.

"정말 권왕의 손자와 검왕의 손녀가 맞는가?"

"권왕의 손자는 잘 모르겠지만 검왕의 손녀는 확실합니다. 옆에서 가만히 있는 것으로 보아 맞을 가능성이 높습니다."

수하의 말에 유대호가 빠르게 머리를 굴렸다. 잠시 후, 유대호가 입을 열었다.

"너는 즉시 두 분을 안으로 모시고 곧장 장홍파에 가서 귀한 손님이 오셔서 오늘은 참석하기 어려울 것 같다고 전하거라. 오늘은 장홍파이니라."

"알겠습니다."

그렇게 대답한 수하가 서둘러 밖으로 나가자 유대호는 다시금 동경 앞으로 가 옷매무새를 가다듬었다.

서윤과 설시연은 오동을 보내고 두 사람만 남아 기다리고 있었다. 그렇게 기다리길 얼마, 들어갔던 무사가 나왔다.

"들어가 보십시오. 문주님께서 기다리고 계십니다. 자네는 두 분을 문주님께 안내하게."

"알겠습니다. 이쪽으로 오십시오."

"들어가죠."

서윤이 앞장서서 설시연과 함께 신월파 안으로 들어갔다.

두 사람은 곧장 문주인 유대호에게로 안내되었다.

정문을 지나 문주전이 있는 곳으로 향하는 동안 많은 시선이 두 사람을 따라다녔지만 서윤과 설시연은 전혀 의식하지 않았다.

문주전 안에 있는 접객실로 안내받은 서윤과 설시연은 유대호가 나타나기 전까지 접객실 안을 두리번거렸다.

"소박하네요. 문주전에 있는 접객실치고는."

"그렇습니까? 이런 곳은 처음 와봐서. 제 기준에는 호화스럽네요."

서윤의 말에 설시연이 미소를 지었다. 그때, 문이 열리며 유대호가 등장하자 두 사람은 자리에서 일어났다.

접객실이 좁은 편이 아님에도 건장한 체격의 그가 등장하자 꽉 차는 느낌이 들었다.

"하하하! 귀한 손님이 오셨는데 기다리게 해서 죄송합니다. 신월파 문주 유대호입니다."

유대호가 포권을 하며 호탕하게 인사했다. 원래 성격이 호탕한 면이 있으나 서윤과 설시연을 의식해 조금 과하게 행동하는 것도 없지 않았다.

"반갑습니다. 저는 대륙상단의 장녀 설시연이에요. 여기는……."

"서윤입니다."

서윤이 짧게 자신을 소개했다. 그에 한껏 인자한 미소를 지은 유대호가 두 사람에게 자리를 권했다.

"귀하신 두 분께서 어찌 신월파를 찾았는지 궁금합니다."

유대호의 물음에 설시연이 서윤을 바라보았다.

"신월파의 무공을 견식하고 싶습니다."

"무공을 보고 싶다 하셨습니까?"

서윤의 대답에 유대호가 당혹스러운 표정을 지었다.

무림에서 대련이나 비무, 혹은 실전이 아닌 이상 타인의 무공을 지켜보는 것은 예의에 어긋나는 일이다.

그것도 내부인이 아닌 외부인이 보는 것은 더더욱 그러했다.

'젠장. 지위를 이용해 이런 부탁을 하려는 것이었나?'

유대호는 속으로 생각했다. 하지만 이내 미소를 지으며 물었다.

"권왕님의 무공이라면 천하를 호령하고도 남을 터인데 어찌 그런 부탁을 하십니까?"

"전 경험이 부족합니다. 어려서 할아버지를 만났고 무공을 배웠습니다. 다른 사람의 무공을 접할 기회는 없었고 기껏해야 여기 있는 누이의 검법 정도이죠. 그런데 요즘 들어 그 경험 부족을 뼈저리게 느끼고 있습니다."

"계기가 있었는지요?"

유대호의 물음에 설시연이 나섰다.

"요즘 무림이 혼란스럽다는 건 알고 계시겠죠?"

"물론입니다."

"섬서성을 떠나 이곳까지 오는 동안 수차례 공격을 받았어요. 동료들도 잃었고요."

그녀의 말을 서윤이 받아 이었다.

"저 역시도 그렇고 누이도 그렇고 죽을 고비를 여러 차례 넘겼습니다. 그러면서 느꼈죠. 나 자신의 무공에만 몰두한다고 해서 될 일이 아니구나. 경험이 그만큼 중요한 것이라는 걸 말입니다."

서윤의 표정과 말투는 진지했다. 그러자 유대호도 얼굴에서 웃음기를 지우고 다시 말했다.

"그런 일이 있었군요. 유감입니다. 하지만 무림에서 외부인이 문파의 무공을 그냥 지켜보는 것은 예의에 어긋나는 일입니다. 그건 잘 알고 계시겠죠?"

유대호가 마지막에는 설시연을 보며 물었다.

"물론이에요. 저희도 그냥 수련하는 걸 구경하겠다는 게 아닙니다."

"그렇다는 건……."

"비무를 하고 싶습니다."

서윤의 말에 유대호가 곰곰이 생각에 잠겼다. 비무라면 일방적으로 보여주는 것이 아니라 권왕의 무공을 볼 수 있는 기회이기에 나쁠 것이 없다는 결론에 이르렀다.

"좋습니다. 사실 권왕님의 무공을 보는 것은 저희 문도에게도 큰 도움이 될 것 같군요. 뜻하지 않게 큰 복을 받는 것 같습니다. 하하!"

유대호의 말에 설시연이 입을 열었다.

"한 가지 부탁이 더 있습니다."

"말씀해 보십시오."

유대호는 권왕의 무공을 볼 수 있다는 것만으로도 많은 것을 얻는 것이라 생각했다. 그러니 무리한 것이 아니라면 무엇이든 들어주리라 마음먹었다.

"저도 비무를 하고 싶어요. 신월파는 권이 아닌 검이 주인 문파라고 들었어요."

설시연의 말에 유대호는 울고 싶은 심정이다. 물론 기쁨의 눈물이다.

권왕의 무공도 모자라 검왕의 무공이라니.

세상에 이런 경험을 또 어디서 할 수 있겠는가? 오늘의 일은 신월파의 성장에 큰 밑거름이 될 것이 분명했다.

"저희야 마다할 이유가 있겠습니까? 오히려 제가 고맙다고 인사를 드려도 모자랄 판입니다."

두 사람의 앞에서는 최대한 감정을 추스르며 말했지만 속으로는 뛸 듯이 기뻐하고 있었다.

'오~ 사조님들이시여! 이 유대호에게 훗날 사조님들 앞에서 기쁜 마음으로 큰절을 올릴 수 있을 만한 절호의 기회가 찾아왔습니다!'

방방 뛰고 싶은 마음을 가까스로 억누른 유대호가 차분하게 말했다.

"그럼 잠시 이곳에서 기다리고 계십시오. 비무를 위한 준비를 하도록 하겠습니다."

"알겠습니다."

서윤의 대답에 유대호가 서둘러 접객실을 나섰다. 밖에서 유대호의 분주하게 움직이는 기척이 느껴지자 서윤과 설시연은 미소를 지었다.

비무 준비는 금방 끝났다.

일각 정도의 시간이 흐르고 접객실 밖에서 낯선 목소리가 들려왔다.

"이제 나오시면 됩니다."

그 말과 함께 접객실 문이 열렸다. 그에 서윤과 설시연은 들고 있던 찻잔을 내려놓고 자리에서 일어났다.

자신들을 데리러 온 무사를 따라 문주전 밖으로 나간 두 사람은 문주전 뒤쪽에 있는 대연무장에 다다랐다.

그리고 눈앞에 펼쳐진 광경에 깜짝 놀랐다.

대연무장 한가운데 있는 비무대는 다른 곳보다 높았고, 그 아래로 모든 제자가 모인 듯 오와 열을 맞춰 도열해 있었다.

그리고 비무대 위에는 유대호와 함께 그와 연배가 비슷해 보이는 중년인 두 명이 서 있었다.

"어서 오십시오."

유대호가 웃으며 두 사람을 맞았다. 그에 서윤과 설시연은 얼떨떨한 표정으로 비무대 위로 올라갔다.

"두 분의 상대로 누가 나서는 것이 좋을지 고민하다가 일반 제자 중에서 고르는 것은 원하는 바를 얻기 어려울 것 같아 여기 두 분을 모셨습니다. 한 분은 검을 쓰시는 좌호법이시고 한 분은 권을 쓰시는 우호법이십니다."

좌호법과 우호법이라는 말에 서윤과 설시연은 깜짝 놀랐다. 아무리 본인들이 권왕과 검왕의 진전을 이었다 하나 한 문파의 호법들과 겨루기에는 무리가 있었다.

물론 설시연이 생각하기에 서윤은 신월과 정도의 호법 수준은 뛰어넘었을 것이라 어렴풋이 짐작하고 있었다.

하지만 자신은 아직까지 무리라고 생각했다.

처음 귀왕채와의 싸움 이후로 하나의 벽을 넘은 것 같기는 했다. 그러나 그 이후로는 그 정도로 치열한 싸움을 벌인 적이 없기에 얼마나 달라졌는지 제대로 확인하기 어려웠다.

자신의 실력을 제대로 모르는 것.

그것이 설시연에게 자신감보다는 위축감을 가져오고 있었다.

"어떤 분부터 하시겠습니까?"

"제가 먼저 했으면 합니다."

서윤이 먼저 나섰다. 그러자 권을 쓴다는 우호법이 반색했다.

권을 쓰는 자로서 어찌 권왕의 무공을 보고 싶지 않을까.

비록 상대가 권왕은 아니지만 그의 진전을 이은 만큼 기대감도 상당했다.

서윤과 우호법이 나서자 자연스럽게 설시연과 좌호법은 반대쪽으로 물러나 비무대 아래로 내려갔다.

"잠시만 시간을 주시겠습니까?"

"물론입니다."

서윤의 부탁에 우호법이 고개를 끄덕이며 대답했다. 그에 서윤은 설시연이 있는 쪽으로 걸어갔다.

"왜 그래요?"

"긴장돼서 그렇습니다."

서윤의 말에 설시연이 미소를 지었다. 그러고는 주변을 한번 슬쩍 쳐다보더니 귓속말로 말했다.

"충분히 이길 수 있을 것 같은데 긴장해요?"

"보는 눈이 많잖아요."

"호호."

서윤의 말에 설시연이 웃음을 터뜨렸다. 그러는 사이 서윤은 양손에 장갑을 끼었다.

"그 장갑, 오랜만이 끼네요. 그동안엔 안 끼더니."

"형님한테 선물 받은 거고 누이가 이름까지 새겨준 건데 상할까 봐 아까워서 못 끼겠더군요. 그래도 오늘은 비무니까."

그렇게 말한 서윤이 우호법 쪽으로 몸을 돌렸다. 그러고는 우호법이 기다리고 있는 곳으로 걸어갔다.

"다 됐습니다. 기다리게 해서 죄송합니다."

"아닙니다. 저는 신월파의 우호법인 장문휴(張文休)라고 합니다. 잘 부탁드립니다."

"서윤입니다. 무림맹에 몸담고 있습니다. 저야말로 잘 부탁드립니다."

짤막하게 인사를 나눈 두 사람은 곧장 기수식을 취했다.

장문휴는 왼 다리를 앞쪽으로 넓게 내민 채 자세를 낮추고 왼손을 앞으로 뻗고 오른 주먹을 뒤쪽으로 당긴 자세였다.

검을 들었다면 검격의 기수식이라 해도 이상하지 않을 자세였다.

그에 반해 서윤은 왼 다리를 살짝 내밀어 굽힌 채 두 팔을 살짝 들어 올린 자세였다.

곧바로 두 사람은 대치 상태에 들어갔다.

서윤의 몸에서 흘러나온 기운과 장문휴의 몸에서 흘러나온 기운이 허공에서 팽팽하게 줄다리기를 했다.

누구도 움직이지 않고 있었지만 그 긴장감이 비무대 아래까지 전해질 정도였다.

그렇게 얼마의 시간이 지났을까.

먼저 움직인 쪽은 역시나 장문휴였다.

그가 비무대를 박차자 돌가루가 살짝 튀었다. 빠르게 접근하는 그의 움직임을 보며 서윤도 다리를 움직였다.

하지만 예전처럼 곧바로 쾌풍보를 펼치지는 않았다.

최소한의 움직임으로 장문휴의 주먹을 받아내었다.

장문휴의 주먹을 향해 서윤도 주먹을 뻗었다. 풍절비룡권 특유의 풍압이 동반된 공격에 장문휴는 살짝 놀라며 얼른 주먹을 뺐다.

파앙!

약간 파공음이 허공을 울렸다.

그와 동시에 재빨리 주먹을 회수한 장문휴가 틈을 파고들며 주먹을 뻗었다.

하지만 서윤도 가만있지 않았다.

몸을 비틀어 정타를 피함과 동시에 상대의 어깨를 노리고 다시 한 번 주먹을 뻗었다.

그러나 이번에도 서윤은 원하는 바를 이루지 못했다.

마치 서윤의 노림수를 읽고 있었다는 듯 절묘한 순간에 주먹을 회수하며 몸을 틀었다.

팡!

다시 한 번 허공으로 파공음이 퍼져 나갔다.

그리고 그다음부터는 장문휴의 일방적인 공세가 이어졌다.

서윤은 계속해서 뒷걸음질 치며 장문휴의 공격을 피하며 반격하려 했으나 여의치 않았다.

일단 장문휴는 출수한 주먹을 회수하는 능력이 굉장히 뛰어났다. 게다가 곧게 뻗는 것 같던 주먹이 휘어지기도 하고 방향을 바꾸기도 했다.

그것뿐만 아니라 양손을 굉장히 잘 쓰는 자였다.

'타격기인가?'

서윤으로서는 처음 보는 유형의 권법이다.

의협대에 처음 들어갔을 때 본 황보수열이나 천보의 권법과는 또 달랐다.

진기를 이용하기는 하지만 기운과 기운의 충돌이 아닌 주먹으로 육체를 직접 타격하는 유형이었다.

그래서인지 보법이 유려하고 굉장히 빨랐으며 움직임에 군더더기가 없었다.

사실 마음먹고 쾌풍보를 쓰기 시작한다면 풍절비룡권에 더욱 힘이 붙을 것이고 쉽게 이길 수 있을 것이다.

하지만 서윤은 그렇게 하지 않았다.

최대한 장문휴의 권법을 더 오래 겪어보고자 하는 생각이다.

장문휴의 주먹이 쉴 새 없이 뻗어왔다.

"큭!"

서윤이 짧은 신음을 내뱉었다. 정타는 아니었지만 몇 차례 가격당한 곳에서 제법 큰 통증이 밀려왔기 때문이다.

이는 직접 타격했기 때문에 오는 통증이 아니었다.

물론 몸을 가격당함으로써 찾아오는 통증도 있었지만 그와 동시에 내부를 진탕시키는 위력이 담겨 있었기 때문이다.

게다가 속도도 빨라서 눈으로 보고 따라가기에는 버거운 감이 없지 않았다. 몰아치는 위압감이 상당했다.

하지만 서윤은 최대한 집중했다.

이 공격을 맞지 않고 피하며 제대로 막아낸다면 또 한 가지 느끼고 배우는 것이 있을 것이라 확신했다.

머리로는 잘 몰라도 몸은 확실히 달라진 것을 느낄 것이다.

서윤의 다리가 더욱 어지럽게 움직였다.

그리고 두 눈은 상대의 움직임 하나하나에 집중하기 시작했다.

장문휴가 일방적으로 밀어붙이는 형국.

그러자 신월과 제자들 사이에서 실망과 기대의 눈빛이 교차하기 시작했다.

실망의 빛은 서윤에게 보내는 것이고, 기대의 빛은 장문휴에게 보내는 것이었다.

권왕의 제자라는 서윤은 피하기에 급급했고, 자신들의 우호법은 권왕의 제자를 밀어붙이고 있었기 때문이다.

하지만 얼마 가지 않아 그 눈빛의 대상이 뒤바뀌기 시작했다.

'가자.'

그렇게 마음먹는 순간, 서윤의 주먹이 움직이기 시작했다.

장문휴의 주먹이 뻗어오는 길을 정확히 파악하고 방해하는 것부터 시작했다.

마음먹은 대로 주먹을 뻗지 못하게 되자 장문휴의 움직임이 어지러워졌다.

서윤의 주먹이 움직일 때마다 바람이 일었다.

처음에는 미약한 바람이 일더니 점차 거세지기 시작했다.

장문휴는 정신이 없었다.

마치 정면에서 눈도 제대로 뜨기 어려울 정도의 강풍이 불어 닥치는 것 같은 착각이 들었다.

그만큼 서윤의 공격은 소용돌이처럼 휘몰아쳤고 위력 또한 매서웠다.

퍼퍽!

서윤의 공격이 장문휴의 어깨를 연달아 가격했다.

그렇게 되자 장문휴는 더 이상 제대로 된 공격을 할 수가 없었다.

"졌습니다."

장문휴의 입에서 패배 선언이 나왔다.

그러자 서윤도 더 이상 공격하지 않고 주먹을 풀었다.

"감사합니다. 많은 것을 배웠습니다."

서윤이 포권과 함께 진심을 담아 말했다. 그로서는 새로운 유형의 권법을 접하고 그것을 이겼다는 데 큰 의미를 두고 있었다.

장문휴의 권법 덕분에 또 다른 움직임, 공격법과 수비법, 완급 조절 등을 조금이나마 알게 된 까닭이다.

만약 장문휴의 실력이 조금 더 높았다면 더욱 어려운 비무가 되었을지도 몰랐다.

"한 가지 여쭤도 되겠습니까?"

장문휴가 서윤에게 물었다.

"물론입니다."

"이번 비무에서 제대로 된 초식을 몇 차례 펼쳤는지요?"

장문휴의 질문에 서윤이 난감한 표정을 짓더니 조심스럽게 대답했다.

"두 번, 두 번이었습니다."

"그렇군요. 그럴 줄 알았습니다."

그렇게 말한 장문휴가 미소를 지었다. 그러고는 의아해하는 서윤을 향해 말을 이었다.

"경험을 위해 저희 문파를 찾아오셨다고 들었습니다."

"맞습니다."

"그렇다면 경험한 것으로 만족하십시오. 배울 것은 없으실 겁니다."

장문휴의 말에 서윤은 더욱 의아한 표정을 지었다.

"권왕님의 풍령신공과 풍절비룡권은 신공이고 신권입니다. 이미 경지를 이룬 무학이고 깨달음의 정수가 담겨 있습니다. 권왕님이 그 무공들을 가지고 중원의 꼭대기에 우뚝 서기 전부터 이어온 깨달음이 고스란히 담겨 있다는 뜻입니다. 그것을 온전히 자신의 것으로 만드는 것이 우선이고 발전은 나중입니다. 익히고 있는 무공을 대성한다면 무학의 새로운 길로 접어들게 될 겁니다. 만류귀종(萬流歸宗)이라는 말이 괜히 있는 것이 아닙니다."

서윤이 장문휴의 말을 곱씹었다. 알 듯 모를 듯한 표정을 짓는 그를 보며 장문휴가 미소를 지었다.

"시간이 해결해 줄 겁니다. 그저 조금 더 오랜 시간 무학에 빠져 산 늙은이의 이야기라고 생각하시고 여러 번 생각해 주십시오."

그렇게 말한 장문휴가 몸을 돌려 비무대 아래로 내려갔다. 비무대를 내려가는 그의 표정에는 후련함이 묻어 있었다.

그리고 서윤에게 한 장문휴의 말은 비단 서윤뿐만 아니라 신월파의 제자들에게도 많은 것을 느끼게 해주었다.

서윤은 비무대를 내려가는 장문휴를 향해 꾸벅 허리를 굽히고는 설시연이 있는 쪽으로 다가갔다.

그러자 이긴 것을 축하한다는 듯 설시연이 환하게 웃어 보였다.

"우호법님이 펼친 저 권법, 검법과 많이 닮았어요."

"그렇습니까?"

서윤은 그런 것이야 어쨌든 상관없다는 듯 대답했다. 그러고는 비무대로 올라가려는 설시연을 향해 한마디 했다.

"이기고 갑시다."

서윤의 말에 설시연이 미소를 지어 보이고는 다시금 긴장한 표정으로 비무대 위로 올라섰다.

먼저 비무대에 올라온 좌호법이 설시연에게 물었다.

"진검으로 하시겠습니까, 아니면 목검으로 하시겠습니까?"

진검으로 하면 부상의 위험성이 있다. 아니, 목숨을 잃을 수도 있다. 그런 것이 비무였다.

반대로 목검으로 하면 안전하기는 하지만 제대로 된 실력 발휘가 어려울 수 있었다. 물론 원하는 것을 얻는 것도 더 어려울 수 있었다.

고민은 오래가지 않았다.

"진검으로 하죠."

그렇게 말하며 설시연이 설백으로부터 물려받은 백아를 뽑아 들었다.

"설마 그 검이 백아입니까?"

"맞아요. 할아버지께 물려받은 검 백아랍니다."

설시연의 말과 동시에 백아의 하얀 검신이 빛을 받아 반짝였다. 마치 자신을 뽐내는 듯했다.

"말로만 듣던 그 검을 직접 보고 또 겨루기까지 할 수 있다니 영광입니다. 목검으로 하겠다고 하셨으면 남은 평생 후회할 뻔했습니다."

좌호법의 말에 설시연이 싱긋 미소를 지었다.

"백아를 본 기념으로 선공은 제가 취하겠습니다."

그렇게 말한 좌호법이 빠르게 쇄도했다. 방금 전 서윤과 겨룬 우호법보다 빠른 속도였다.

하지만 설시연은 침착했다.

진기를 끌어올려 추혼보를 펼쳐 가며 좌호법의 검격에서 벗어나려 했다.

하지만 그 순간 좌호법의 몸이 늘어나는 것처럼 보이더니 어느새 그의 검끝이 몸 가까이에 다가와 있다.

"헛!"

설시연이 헛바람을 들이켜며 추혼보를 극성으로 펼쳤다.

그러고는 검을 올려치며 좌호법의 검을 쳐내려 했다. 하지만 좌호법은 만만한 실력이 아니었다.

기묘하게 변하는 검로.

그리고 끈질기게 따라붙는 검끝.

어떻게든 생채기 하나라도 내겠다는 의지가 고스란히 담겨 있었다.

이를 보는 유대호는 안절부절못했다.

혹여 설시연이 다치기라도 한다면 앞으로 어떤 일이 벌어질지 모른다. 복이 들어왔다가 화로 변해서 나갈지도 모른다고 생각했다.

하지만 서윤의 표정에는 변화가 없었다.

자신이 아는 설시연은 이 정도 공격에 당할 여인이 아니었다.

"차앗!"

설시연이 힘찬 기합과 함께 몸을 회전시켰다.

그러면서 좌호법의 변초를 절묘하게 피해냈고, 측면을 점한 채 검초를 뿌렸다.

백아로 펼치는 여의제룡검의 초식.

아름답다는 표현이 어울릴 정도로 화려하면서도 위력적인 검초가 펼쳐졌다.

좌호법의 표정이 살짝 굳었다.

하지만 이내 가진 바 절기들을 꺼내놓으며 설시연의 공격을 파훼하기 시작했다.

채채채채챙!

허공에서 두 사람의 검이 요란한 소리를 내며 부딪쳤다.

서로를 향한 공격을 막고 다시 반격을 가하며 수차례 검을 교차했다.

상대적으로 서윤과 장문휴의 비무보다 박진감 넘치게 흘러가는 두 사람의 대결에 지켜보는 신월파 제자들도 점차 몰입하기 시작했다.

설시연의 여의제룡검이 좌호법을 압박해 들어갔다.

좌호법의 손속이 어지러워졌다.

시종일관 전진하던 그가 점차 뒷걸음질 치기 시작했고, 그럴수록 설시연의 검초는 더욱 날카로워져 갔다.

찌이익!

옷자락이 찢어졌다.

찢어진 옷의 주인은 설시연이 아닌 좌호법이었다.

처음으로 상대의 검이 아닌 몸과 가까운 곳에 닿은 검끝.

설시연은 거기서 더 자신감을 얻었다.

여의제룡검이 힘을 받는다.

뻗어나가는 검초에 날카로움을 더하고 백아가 머금은 진기가 위력을 더했다.

좌호법도 진기를 끌어 올리며 검을 휘둘렀지만 기세를 탄 설시연의 공격을 막아내기엔 역부족이었다.

쩌저정!

결국 좌호법의 검이 조각나며 사방으로 비산했다. 위험한 순간이었지만 다행히 멀리까지 날아가지는 않아 다친 사람은 없었다.

검이 부서지자 좌호법은 허탈한 표정을 지었다.

비록 검왕의 진전을 이었다고는 하지만, 또한 기본적으로 무공의 급이 다르다고는 하지만 몇 십 년 동안 무공을 위해 정진해 온 결과가 손잡이만 남은 검이라 생각하니 허무할 수밖에 없었다.

잠시의 정적, 이어 설시연이 좌호법을 향해 인사했다.

"감사합니다. 많은 것을 배웠습니다."

설시연의 말에 좌호법이 쓸쓸한 표정을 지었다.

"아닙니다. 저 역시 얻은 것이 많습니다. 앞으로 더욱 정진해야겠다는 생각이 들더군요."

좌호법의 말에 설시연이 어색한 미소를 지었다. 그에 다시 한 번 꾸벅 인사하고는 서둘러 서윤이 있는 곳으로 향했다.

"이길 줄 알았습니다. 잘했어요."

서윤의 말에 설시연은 그제야 마음이 편안해지는 것을 느껐다. 그러자 밀려오는 기쁨.

분명 자신은 성장하고 발전했다.

그것이 가져다주는 기쁨은 이루 말할 수가 없었다.

"이제 가죠."

"그래요."

서윤의 말에 설시연이 미소를 지으며 고개를 끄덕였다.

유대호는 정문까지 나와 서윤과 설시연을 배웅했다. 그러지
말라고 몇 차례나 이야기했으나 유대호가 고집을 부렸다.

"이제 가보겠습니다. 오늘 정말 감사했습니다."

"감사합니다."

두 사람의 인사에 유대호도 미소를 지으며 말했다.

"아닙니다. 감사의 인사는 오히려 제가 해야 합니다. 단순히
두 분의 무공을 경험해 본 것을 넘어 우리 신월파가 앞으로
더욱 성장할 수 있는 동력을 얻었기 때문입니다. 정말 감사합
니다. 앞으로 그 어떤 일이 있든 저희 신월파는 두 분의 도움
요청이라면 어떤 일이든 하겠습니다."

유대호의 말은 진심이었다.

처음에는 단순히 좋은 기회라고만 생각했다. 하지만 무공
을 대하는 두 사람의 진지한 태도와 마음가짐을 보며 유대호
역시 진지하게 오늘 일을 대했다.

찾아온 기회에 감사할 줄 알고 그것을 바탕으로 더욱 정진
하는 것, 그리고 문파 전체의 성장을 그려 나가는 것.

그것이 문주 유대호의 모습이었다.

"아닙니다. 그럼 저희는 이만 가보겠습니다."

"살펴 가십시오."

유대호의 배웅을 받으며 서윤과 설시연은 대륙상단으로 돌아갔다. 원래는 다른 두 문파까지 가볼 생각이었으나 어느새 노을이 지고 있었다.

대륙상단으로 돌아가는 두 사람의 표정은 그 어느 때보다 밝았다.

다음 날.

대륙상단 불산 지부는 분주했다.

무림맹 사람들이 길을 떠나기 위해 채비를 하고 있었기 때문이다.

설궁도는 이곳 지부에서 좀 더 머물다가 섬서성으로 떠나기로 했고, 그런 설궁도를 보호하기 위해 설시연 역시 남기로 했다.

설궁도는 괜찮다고 하며 함께 떠나라고 했지만 설시연은 남기로 결정했다. 물론 함께 떠나고 싶은 마음이야 굴뚝같았지만 그렇다고 설궁도를 혼자 둘 수는 없었다.

"형님, 그럼 이만 가보겠습니다."

"그래, 몸조심하게. 아우가 특히 더 위험할 거야."

"걱정 마십시오."

서윤이 설궁도를 안심시키려는 듯 미소를 지으며 그의 손을 꼭 잡았다.

"누이, 먼저 가보겠습니다. 섬서성으로 돌아가는 길에 한 번 들르십시오. 맛있는 건 제가 사겠습니다."

"알았어요. 정말 조심해요. 안 다치게."

그녀의 말에 서윤이 웃으며 말했다.

"걱정 마십시오. 그동안 몇 번 호되게 당해봐서 그런지 어지간히 다쳐도 걱정 없습니다."

"뭐라고요?"

서윤의 농담에 설시연이 뾰족한 말투로 말했다.

"사람이 안 다칠 생각을 해야지 다쳐도 된다는 말이 어디서 나와요? 그것도 걱정하는 사람 앞에서."

그녀의 반응에 서윤이 대소를 터뜨렸다.

"하하! 농담입니다, 농담. 걱정 마십시오. 어디 하나도 안 다치게 조심해서 돌아갈 테니."

서윤의 약속에도 설시연은 표정을 풀지 않았다.

"헤어지는 마당에 그런 표정 지으면 저도 마음이 편치 않습니다. 약속하죠. 돌아가는 길에 들렀는데 제가 어디를 다쳤다거나 하면 다시 만났을 때 한 시진 이상 잔소리를 듣겠습니다."

서윤의 말에 설시연이 실소를 터뜨렸다. 잔소리라니.

"내가 언제 잔소리를 그렇게 했다고……."

"몰랐느냐, 네가 얼마나 잔소리가 심한지?"

"오라버니!"

설시연이 설궁도에게 빽 소리를 질렀다. 그러자 설궁도가
무서운 척 엄살을 피우곤 이내 크게 웃었다.

"자, 아우도 얼른 가보게. 다들 기다리고 있으니."

"알겠습니다. 그럼 다음에 뵙겠습니다."

"잘 가요."

그렇게 서윤은 두 사람과 헤어져 불산을 떠났다. 멀어지는
그들의 모습을 설시연은 불안한 듯 오래도록 보고 있다가 지
부 안으로 들어갔다.

불산에서 조경까지는 약 사흘거리.

그사이에 아무 일도 벌어지지 않길 바랄 뿐이었다.

*   *   *

"그동안 오래 참았다. 이제 기회가 왔으니 움직여 보자꾸
나. 그 목숨, 우리가 회수한다."

날카롭게 번뜩이는 눈빛이 어딘가를 응시하고 있었다.

『풍신서윤』 4권에 계속…

FUSION FANTASTIC STORY
말리브해적 장편소설
MLB
메이저리그
유료독자 누적 1200만!
행복해지고 싶은 이들을 위한 동화 같은 소설.
『MLB-메이저리그』
100마일의 강속구를 던지는
메이저리그의 전설적인 괴짜 투수 강삼열.
그가 펼치는 뜨거운 도전과 아름다운 이야기!
승리를 위해 외치는 소리-
"파워업!"
그라운드에 파워업이 울려 퍼질 때,
전설이 시작된다!
Book Publishing CHUNGEORAM
www.chungeoram.com